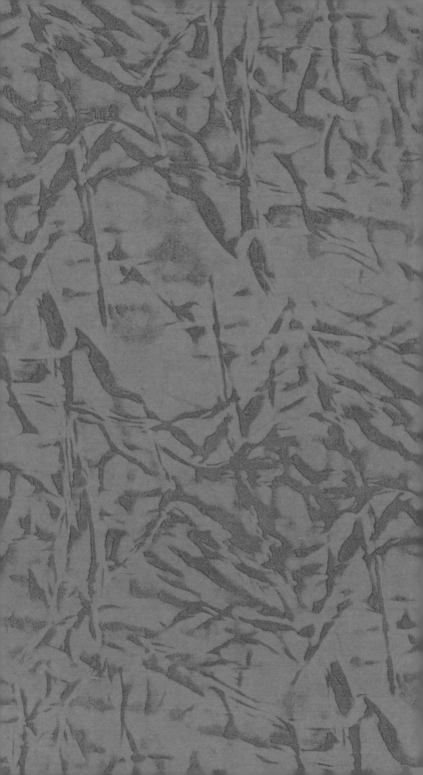

비운의 시인 조춘성의 다섯번째 시집

비명(悲鳴)

조 춘 성

서음미디어

이 작품을 읽고

林 玉 仁
(작가)

꽝 꽝 때리는가 하면 잔잔히 흐르기도 하고, 펑펑 쏟아지는가 하면 졸졸 흐르기도 하고, 이 무슨 굉음인가 하였더니 아주 고운 비단결 같기도 하고, 가시 방석인가 하였더니 부드러운 푸른 잔디 융단 같고, 사람이 자연 속에서, 사람이 생활 속에서, 먹고 마시는 일상 속에서 그처럼 지내도 될 일을 과민하게 느끼며 오뇌하며 길을 찾아 헤매는 말하자면 자연 인생의 나그네! 그 너머에는 푸른 하늘과 우뚝 솟은 소망의 봉우리!

어찌 보면 지독한 감상주의 ― 어찌 보면 무지무지한 노력가 ―소녀 같은 꽃밭 가슴인가 하면 우직한 분노자! 다양 다채한 모습을 본다.

죽도록 일하며 죽도록 오뇌하는 이 영혼의 살구자 ― 그런가 하면 오밀조밀 저녁상에 오를 나물 맛에도 등한치 않는 생활인 ― 한마디로 억세고 힘찬,

그리고 섬세하고도 일뜰한 인간의 모습을 본다.

이 글을 읽으면 누구나 가슴 쓰리고 후련하고 애틋한 눈물에 젖을 수 있는 다채롭고 풍요로움, 그런 미각을 느껴 볼 수 있을 것이다.

삼가 한 번 읽어보아 주셨으면 하고 싶다.

그 뒷이야기는 독자들의 자유이며 독자들의 마음이다.

(본 글은 두번째 시집에 붙여주신 글임)

시작하면서

조금이지만 글을 썼다고, 또는 쓴다고 하는 사람이 대한민국에「월간문학」이란 종합 문학지가 있다는 사실을 몰랐다면 말이 되지 않는다고 본다.

그러나 사실인 걸 어쩌랴.

숨긴다고 숨겨질 일이 아니기에 미리 밝히고 시작하겠지만 나의 학력은 초등학교 5년 중퇴요, 문학과 가까이 할 수 없는 강원도 광산촌에서 스물 한 살까지 살았고 서른 여섯 살까지 그러니까 16년동안 감옥에서 살았다.

감옥이란 다 아는 사실이지만 모든 것이 박탈되어 있는 곳이다. 특히 필기구를 마음대로 사용할 수 없을 뿐만 아니라 서적도 자기 것이 아니면 볼 수 없는 곳이다.

문학을 했다고, 또는 한다고 하는 사람들의 말을 들어보면 세계문학전집이나 한국문학전집은 물론 문학과 관련된 책은 모조리 읽었다고 들었다. 그러나 나는 '전후 문제작' 몇 권 읽은 것이 고작이다. 그것도 남의 책을 교도관 모르게 빌려다가 말이다.

그러니 걸핥기 식이지 탐독이란 생각조차 할 수 없었다.

그런 내가 평생의 꿈이었던 문단에 등단이 되어「월간문학」을 알게 되었는데 그것을 열심히 읽으면서 수준 미달이란 사실을 깨닫게 되었다. 솔직히 처음에는 나도 유명한 작가들, 그리고 많이 배운 사람들과 같은 격에 있다는 착각에 우쭐하기도 했다. 그러나 시간이 가면서 많이 배운 사람들에게 미안하고 부끄러웠다. 그래서 2015년 나 스스로가 문인협회 명단에서 이름을 지워 줄 것을 요청했다.

협회로부터 오던「월간문학」이 끊긴 것으로 보아 내 이름이 지워진 것은 확실한데 한 가지 미련이 남는 게 있다. 죽었다 깨어나도 그런 영광은 다시는 없겠지만 유명한 원로 문인들이 게재하는 '나의 문학 나의 인생'이란 강연 요지의 원고 말이다.

나는 그 글을 읽을 때마다 그토록 훌륭한 분들의 성공한 이야기만 들을 게 아니라 나처럼 실패한 인생의 이야기도 듣는다면 그 나름대로 무엇인가 있지 않겠는가 하는 생각을 하곤 했다.

첫째는 일종의 허영과 욕심에서 펜을 잡았지만 둘째로는 고마운 불들에게 진심을 전하기 위해서이다.

은혜도 보답도 물질이다. 말로 하는 동정, 말로 하

는 감사, 아무런 의미가 없음을 잘 알지만 물질로 보답할 형편이 어려워서 이렇게라도 보답하려 하는 것이다.

2017년 1월

비명 Contents

비명 Contents

비명 Contents

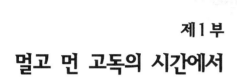

제1부

멀고 먼 고독의 시간에서

탄 원

죽어 이별하는 건 슬픈 일이 아니다.
살아 이별하는 것도 슬픈 일이 아니다.

이토록 눈보라 몰아치는데
주먹 만한 보따리를 가슴에 안고
어디로 갈까!

병든 몸으로 갈 곳이 없어서
형무소(지금의 교도소)로 자식을 찾아오신 어머님
이건
정말
비극이 아니다.

"찾아오지 마세요."
하루 대기 1분 면회 가슴 아파서,
"이렇게 잘 있는데 찾아오지 마세요."

말로는 웃으며 돌아섰지만
갈 곳 없는 어머님을 왜 내가.....
의지할 곳 없는 어머님을 왜 내가.....

"어디로 가시지요?"
"이 세상 넓은 천지 갈 곳이야 없겠니."
"주인을 정하는 대로 편지해 주세요."

간절한 그리움도
안타까운 사연도 대필하실 어머님께
무기수의 어미라는 사실 때문에
또다시 쫓겨날지 모를 일인데
그래도 애가 타서
"편지해 주세요."

아~
이렇게 살아야만 하는 인생이련가
면회에서 돌아온 철창 아래
꽁꽁 언 밥덩이를 꾸역꾸역
눈물 고인 목구멍에 밀어 넣으며

주인을 다오!

병든 내 어머니에게
식모살이 할 주인을 다오!

횡설수설

이 작품은 내가 세상에 태어나서 최초로 쓴 글이며, 또한 최초로 남에게 알려진 글이다. 그리고 작가 임옥인 선생님과 인연을 맺게 한 글이다.

1965년(정확한 연도가 조금 알쏭달쏭하다) 서대문교도소에는 「새빛」이란 소내 신문이 있었는데 작업장을 돌던 「새빛」 기자가 나의 글을 보고 소내 신문에 싣자고 제의했던 것이다.

내용에서 보다시피 어머니 접견에서 돌아온 나는 언 밥덩이를 먹다말고 파지나 인쇄물 이면에 이 글을 쓰고 있었던 것이다. 울면서 쓰고 있었기에 그의 눈에 쉽게 보일 수 있었던 것이다. 그리고 매주 방문하는 차남진이란 목사님이 '이런 사연의 모자가 있다'고 임옥인 선생님께 게재된 신문을 전했던 것이다.

아무튼 이 작품은 자랑할 것 없는 나의 과거를 스스로 폭로한 글인데 나는 내 과거에 대해서 조금도 부끄럽게
생각하지 않는다.

양심도 도덕도 없어서가 아니라 누구도 나와 같은

상황에선 그럴 수밖에 없다고 생각하기 때문이다. 이건 내 생각이 아니라 살인사건을 듣고 난 대부분의 사람들의 공감이며 분노이다.

사건이 일어난 지 56년, 내 운명대로 살아온 것인지 아니면 한 순간의 일로 잘못 살아온 것인지는 모르지만 후회하지 않는다. 후회한다고 다시 살 수 없는 일이여서가 아니라 내 돈 주고 무시당한 일을 생각하면 지금도 가슴이 뛰고 분하기 때문이다. 내 이야기를 듣고 난 사람들은 당연한 결과라고 나를 위로한다.

나는 지금도 강간 살인이나 살인강도가 아닌 원한관계 살인이라면 죽은 자는 마땅히 죽을 자라고 믿는다. 죽은 자가 몇 배나 더 악질이기 때문이다.

사건 전후 이야기는 제2부에서 자세히 하기로 하고 다음 장으로 넘어 가기로 한다.

아마 나는 울고 있었나보다

경이롭다
황홀하다
그 이름도 슬픈 동두천 신천체육공원에
백설 같은 메밀꽃이 피었다.
강원도 산골에 피었던 고향 풍경이다.

헌데 어찌하랴
눈물이 난다.
굶으면서도 잡곡 씨앗을
툇마루 기둥에 매단 종자 중에
메밀 씨앗도 있었지.

그 시절
나보다 몇 배나 배를 곯으셨던 어머님을
칠십에 가까운 오늘에 와서야 알고 있으니
열 일곱 광부시절
언제나 배가 부르시다며 수저를 내려 놓으셨던

어머님의 심정을
이제야 알고 있으니
나는 얼마나 불효였던가.

세상 떠나시던 순간 베개 속에서
3천원을 꺼내 주시던 어머니
아~
눈물로 씻어질 수 없는 그리움
통곡으로 돌아오실 수 없는 어머님
이 세상 어떤 고문이
이토록 아플 수 있을까
죽어서 어머님을 뵐 수 있다면
진정으로 그길 그렇게 슬픈 게 아닌데.

'인생사는 게 다 그런 거라우.'
사연을 듣기도 전에
나보다 곱절을 사신 듯한 할머니가 눈물을 거둔다.

 아마 나는 울고 있었나 보다.

횡설수설

2006년「지구문학」33호를 통해서 등단한 작품이다. 심사위원은 진을주 선생님이셨다.

글을 쓰려고 하는 사람은 누구나 등단이 목표일 것이다. 수준을 인정받는 첫번째 문이기 때문이다. 그래서 나는 거의 20년 동안 신춘문예에 문을 두들겨 보았다. 헛수고였다. 헌데 어느 날 생각지도, 알지도 못했던「지구문학」에서 통지가 왔다. 원고가 채택된 것을 축하한다는 것이었다. 알고 보니 내 지방의 작은 모임의 회장이 1년에 한 번 발행하는 회지에 낸 원고를 나도 모르게 보냈던 것이었다.

서문에서도 이미 말했듯이 처음에는 세상을 얻은 듯 우쭐했지만 차츰 책임감도 느끼고 너무도 초라한 나 자신을 발견하게 되었다.

 공룡시대

어느 기업의 면접시험에서
'한 명을 죽임으로 백 명이 산다면?'
이런 질문이 있었다고 한다.
그 한 사람을 죽이는 것이 답이였다면
나는 그 한 명도 살려야 한다는 대답을 하지 못했을
것이다.
생존보다 절실한 진실은 없으니까.

허상 앞에 복을 비는 사람들
허나 모순되게도 복을 헌납(헌금과 시주)하고
설악산 봉정암에 연탄 때라는 공무원이 있어
중님 개패듯(개를 때려 기절시킨 스님이 있었다고 들었
다) 스님에게 호되게 당했다지만
지금은 대통령 방석을 마음대로 한 대도
─어느 목사의 이명박 대통령 하야설 ─
나서는 이가 없지 않은가.

인간은 본질적으로 자기만을 위해서
사는 동물이라지만
그래도 본분은 있는 것
그것을 잃었을 때 쓰레기(공직자들의 비리)에 불과하지.

공직자 청문회 때마다
불법, 비리 없었던 자 있었던가?
똥 묻은 개가
겨 묻은 개 나무라는 격이지만.

대통령을 마음대로 흔드는 자가
땅덩이를 반대로 돌린다 해도
그건 순리(맹신)가 아니겠는가.

도룡용 한 마리를 살려야 한다면서
4대강 살리는 것을 반대하는 무리들
고목(교회)과 암벽(사찰) 앞에 쌓여지는 계단(헌금)은
보이지 않는가.
머리에 띠만 두르면 공룡이 되는 세상
종교는 공룡이 아니고
신앙은 무속이 아니다.

횡설수설

이 글을 정리하는 2016년 11월 1일. 지금 세상은 시끄럽다. 세상이 시끄러운 원인은 이해관계에 따른 입장과 생각의 차이 때문이다.

한 문제를 놓고 생각이 다른 것은 당연한 일이다. 그러나 생존과 존립의 문제에서는 하나가 되어야 하지 않겠는가 하는 생각이다.

이 글은 2009년 12월호 「월간문학」에 실렸던 작품으로 겨우 나의 자존심과 체면을 지켜준 글이다. 나의 아전 같은 생각이지만 「월간문학」에 실렸다는 것은 추천과 같은 성격이라 믿기 때문이다.

한편 나는 처음으로 나의 틀을 벗어나려고 애를 쓰기도 했다. 우려도 했다. 소재가 조금 그렇지 않은가. 오늘날의 정의는 법도 도덕도 아닌 힘이 아닌가.

종교의 힘은 더더욱 그렇지 않은가. 지나친 우려였는지는 모르지만 나는 죽음까지도 각오하고 있었다. 현실에 맞지 않는 맹신자들의 돌출 행동이 가끔 우리 사회를 놀라게 할 때가 있지 않은가. 폭력이나 암살 말이다.

허나 그 시대의 증언은 누군가 꼭 해야 한다고 믿었기에 용기를 냈던 것이다.

어느 개(犬)가

初등학교 중퇴의 학력이 전부인 내가 시집 몇 권을
냈더니
어떤 독자는
'포장되지 않은 순수의 알맹이요
득음의 경지를 넘은 절창'이라고 과대했고
또
어느 독자는
'대학을 나왔다면 큰일 한 번 했을 거'라고
추켜 세우기도 했는데
무식한 나는 그 말이 진심인줄 알고
허수아비가 되었든
협잡꾼이 되었든
국회의원 한 번은 했을 거라고 거들먹거렸다.

역사의 인물이란 대개
그 시대의 반역자였거나
갈등의 주역이 아니였던가

'독재!' 어쩌구 하며
벽돌장을 던졌거나
'민주' 어쩌구 하며 머리에 띠를 둘렀다면
운동권 학생이요
그렇게 되면 어느 당이 되었든
공천 한자리는 비워두지 않았던가.

어느 개가 똥 묻은 개고
어느 개가 겨 묻은 갠지 모르지만
공직자 청문회를 보면
배운 자들 모두가
상습적이고 지능적인 범죄꾼들인 이 나라
내가 만일 국회의원이 되었다면
대통령도 청문 아닌
심문을 하자고 날뛰었겠지.

횡설수설
 수준 미달이었는지 아니면 문제가 있었는지, 하늘에
별 따기 만큼이나 어려운 「계절문학」에서 청탁이 와
서 보낸 원고인데 아무런 설명 없이 폐기된 작품이다.
아직도 이 땅에는 내가 알지 못하는 언론에 제약이 있

다는 것인가?

 제4 시집「정으로 그리움으로」에서도 먹고 살기 위한 직업은 대통령이나 갈보가 다를 바 없다는 말이 있었는데 다르게 써 달라는 요청이 있었다.

 그건 그렇고 이제 이쯤에서 내가 문학에 대한 호기심을 갖게 된 동기를 살펴볼까 한다.

 서문에서도 잠간 이야기를 했지만 초등학교를 다 마치지 못한 나는 공부에 대한 미련과 아쉬움을 버리지 못했다. 그래서 어느 날 춘천시까지 나가서 책방에 들렸는 데 생각하고 나온 강의록은 찾지 못하고「나의 슬픈 반생기」란 한하운 선생의 시집을 만났다.

 단순히 '슬픔'이란 두 글자에 대한 호기심때문이었는데 다 읽고 난 나의 소감은 나도 글을 쓰고 싶다는 생각과 슬픔을 말한다면 내가 더 슬픈 인생을 살아 왔다는 생각이 들었다. 그러나 길은 없었다.

 강원도 그 광산촌에 무엇이 있겠는가. 그런데 참으로 아이러니하게도 감옥에 그 길이 있었다. 시집도, 소설집도 그곳에서 만날 수 있었지만 무엇보다도 문학개론을 만난 곳이 나에게는 훌륭한 선생이었다.

 처음에는 소설에 관심이 있었으나 집필의 제약 때문에 그 길을 돌릴 수밖에 없었다.

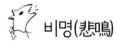 비명(悲鳴)

어느 도승의 말씀처럼
산은 산이요
물은 물로 볼 경지는 아니더라도
모순의 세상
갈등의 세상을
고개를 끄덕일 만큼
연륜이 쌓였다고 생각했는데
아직도 가시가 있어
아픈 곳이 많은가.

병든 내 식구들을 살려내는 것은
목숨도 내어줄 수 있는 가족도
접수비 백 원이 모자라도 죽을 수밖에 없는
대학병원도 아닌
오직
돈
돈뿐인데

세상은 칠십 늙은이 일당 만원도 아까워서
짜내고 또 짜내고
분노가 지혜 될 때까지
―화풀이 하면 징역 간다는 사실―
눈물을 비틀어 짜는구나.

이 비참함이
헐벗은 내 식구들의 눈물에 비할까마는
언제나 약자의 눈물과 수모는
강한 자들의 행복의 조건이였지.

법을 짓밟는 자들이
툭하면 법대로 하자고
흉기를 휘두르는 세상
재벌을 상대로 싸워서 이긴 서민이 있는가?

언제나 재판은 각본대로였지

활활 타오르는 숭례문 방화자의 진술에서
나는 왜?
폭포수 같은 쾌감을 느꼈는가.
파출소 때려 부수는 포크레인 삽날에서

나는 왜?

썩은 공직자들의 바가지 까부수는 착각을 했을까!

투구 돔 경기장도……

횡설수설

"감금하고 폭행하고 임금도 주지 않고……"

　현대판 노예라는 제목으로 가끔 텔레비전에 나오는 이야기다.

　이 사건을 지켜보면서 가만히 생각해 보니 나도 8개월 동안이나 노예생활을 했었다.

　쓰레기 분리장에서 재활용품을 선별하고 있었는데 8개월분을 계산해 보니 하루 일당이 1만 원꼴이었다. 실제로는 그 배는(갑절)되었는데 사장이란 사람은 고의로 계근을 하지 않고 있다가 내가 없는 날에만 계근을 하고 그것도 모자라서 선별한 물건을 빼돌리기도 했다. 항의를 하면 그나마 그만 두라고 할 것이 두려워서 말하지 못했다.

　칠십이 넘은 나에게, 그리고 한쪽 다리가 성하지 못한 나에게 일자리는 소중했고, 일당이 얼마가 되었든 돈은 대단히 큰 것이었다. 결국 그것도 검찰청에 —노동부에선 근로계약이 체결되지 않은 임금은 받아줄 책임이 없다고 했다.— 진정을 올리고서야 받았는데 결국 50만원은 받지 못하고 말았다.

 내가 뒤틀린 건지 세상이 뒤틀린 건지 모르지만 이래서 죽은 자가 죽인 자보다 몇 배나 악질이라는 것이다.

상습과 지능적으로 임금을 떼어먹는 업주들이 얼마나 많은가. 고의로 부도를 내는가 하면 파산 신고를 하고......

 기업은 망해도 기업주는 망하지 않는다는 말이 어째서 나왔겠는가?

 이 글은 2014년 4월 「문학세계」에 실린 글이다. 내용으로 보아 「월간문학」보다는 용기 있는 출판사라고 생각된다.

 *당시 건설 현장 잡부 일당은 9만원이요, 기술자들은 직종에 따라 13만원에서 15만원까지 했음.

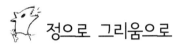 정으로 그리움으로

십년만의 만남인데
그것도 전화로 만남인데
어떻게 불러야 하지?

십년 전 그 때는 이름을 불렀지만
지금은 40을 바라보는
두 아이의 엄마면서

지금도 그냥 그랬으면 좋겠어
보고 싶은 얼굴
그리웠던 이름이니까.

'잊지 않았느냐?'고 했지?
믿어 주겠어 하루도 잊어본 일 없다면
어제도 숙이가 준 만년필로
보내지 못하는 편지를 썼다면

숙을 만남으로 해서
추억이 있고
아름다우면서 슬프다고
사랑했음으로
또 사랑할 수 없음으로.

숙은 가까우면서 머언
바닥이 보이는 계곡의 물이였지
손 한 번 잡을 수 없는 떨림이였지.

스물 여덟이란 숙의 나이가 어린 게 아니라
그 곱절이나 되는 내 나이 탓으로
딸처럼 생각했는데
떠난 후 많이 허전했지
스스로 소식을 끊으면서
무척이나 힘들었지.

사랑한다는 말은
상처가 될까봐 참아 왔는데
인생을 알 만큼 세월이 흐른 지금도
그 말 만큼은 안 되겠지.

정으로 그리움으로 살 때가
아름다우니까
말은 가슴 속에 묻어둘 때
진실하니까
그러나 꿈속에서 만남까지야 어찌하겠나.

친구로 남자

연인이 되기엔 너무 오래된 여인아!
이름이야 아무렴 어떠냐
저 하늘에 구름이 끼어도 그립고
달이 떠도 생각나면 됐지

꽃잎이 눈처럼 쏟아지는
벚꽃 터널에서도 좋고
억새꽃 피는 호숫가 언덕에서도 좋고
아니면
퇴근길에 잠간 쉬어가는 포장마차에서
컬컬한 목을 축이며
이 비뚤어진 세상 그래도
우리만이라도 곱게 살면 됐지.

아내에겐 멍애가 있고
연인에겐 가시가 있지 않느냐
하니 우리 이대로
늘 걱정되고 든든한 친구로 남자.

횡설수설

　지나놓고 보니 나는 누구에게 들은 바도, 어느 책에서 배운 바도 없는데 남녀 평등의 문제, 결혼관, 자녀관 그리고 재산권에 대해서 30년 이상 생각이 앞서가고 있었다.

　내 나이 지금 일흔 일곱(호적에는 75세)인데 이미 20대 적에, 결혼은 반드시 처녀 총각이어야만 되는 건 아니다. 자녀도 꼭 있어야 하는 건 아니다. 재산도 똑같이 나누어야 한다. 그리고 남자가 바람을 피우면 여자도 피워도 된다.

　지금 생각해도 참으로 당시 현실에선 이해가 가지 않는 생각을 했다. 그러나 나는 이런 것들을 생각에만 그친 것이 아니라 철저하게 실행했다.

　재산 모든 것을 아내의 이름으로 했고, 자식은 딸 하나 뿐이며, 평등 문제에 있어서도 평생 여자가 술을 따르는 집에 가본 일이 없고, 직장 생활할 때 야유회나 회식때 여자들로부터 술잔을 받아 본 일이 없다.

　심지어는 비교적 도덕이나 윤리 문제에 자유스러운 문인들의 모임에서도 그랬다. 그래서 질문을 받기도 했는데 술을 받는 남자의 정서 속에는 술집 여자를 연상하는 정서가 있거나 우월의식 같은 게 있기 때문이라고 대답했다. 그러다보니 정말로 여자들이 편하게 대해 주었는데 그 중의 한 여자가 앞에 쓴 시의 주인공이다. 그는 내 앞에서 옷을 갈아 입을 만큼 나를 믿었다. 야간 학교에서 밤마다 집에까지 데려다 준 아가씨에게서도 '아저씨라면 어디를 가도 무섭지 않다'는 말을 들었다.

가만히 생각해 보니 이 같은 여자에 대한 나의 경외심은 어머님에 대한 연민 때문이다.

제2부에서 자세히 쓰겠지만 어머님은 요즘 말로 하면 심한 우울증에 걸리실 만큼 정신적, 육체적으로 가혹 행위를 받아 오셨다. 집에 데리고 들어온 여자만 아홉이였다니 무슨 설명이 필요하겠는가. 급기야 어머님은 서른 넷에 가출아닌 가출을 하셨고 평생을 홀로 사셨다. 아무튼 앞의 주인공은 불순의 오해가 두려워서 손 한번 잡아보지 못한 숭고한 짝사랑이었다. 사람들은 아름다운 짝사랑이라 할지 모르지만 나에겐 외롭고 슬픈 사랑이었다. 그러나 한 가지 위로가 있다. 그녀의 가슴에 고마운 아저씨로 오래도록 남을 거란 기대 말이다.

그녀는 부당한 해고로 상처를 받았을 때 나를 찾아 왔다. 위로가 필요했다. 그래서 등산도 다니고 여행도 했다.

산은 용서할 수 있는 여유도 주고 여행은 새로운 시작의 길을 주지 않는가. 답례였는지 그녀는 선물 중에 내가 가장 좋아하는 만년팔과 3년에 걸쳐 만든 자수를 주고 떠났다. 자수 내용 역시 내 인생을 상징하는 듯 노송에 기어오르는 호랑이였다. 과거에는 부담 없이 만났는데 지금은 많이 부담될 것 같다.

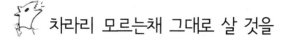 차라리 모르는채 그대로 살 것을

가고 말았구나
가고 말았구나
기어코 너는 가고 말았구나.

헤어진 10년 세월 하도 길어서
약속 없는 20년(형기) 더욱 멀어서
그러리라 하면서도
행여나 했던 마음
그것은 어리석은 꿈이였구나.

'이녀석아 정신 있니? 그 애는 벌써 남의 사람이 되
었는데.....'

차라리 모르는 채 그대로 살 것을
그리움을 못 버려 띠운 편지가
외로움이 싫어서 띠운 편지가
이제껏 간직해온 기다림을

무참히도 꺾고 말았구나
그리움도 가져가고 말았구나.
 보내지 못한 편지

비 개인 석양 뜰에 흩어진 꽃잎처럼
엽서 한 장 받아줄 임은 없어도
외로움이 싫어서 펴드는 엽서

사랑은 슬픔인가
추억은 고독인가
지금은 서로가 길이 다른 너와 나

꿈속에서 만나면 흐느끼는 여인
깨무는 그 입술에 미련이 남아
썼다가 찢어버린
눈물보다 아픈 사연

횡설수설
 사랑은 이루지 못해야 아름답고 영원하다는 말을 어
디선가 들은 듯 한데 그것은 스스로를 위로하거나 다
른 사람에 대한 연민이 아닌가 생각했는데 겪어 보니

수긍이 가는 말이다.

사랑을 이룬다는 것은 무엇인가, 최종적으로 부부가 된다거나 바라는 모든 것을 얻는다는 말이 아닌가. 물질은 얻고 나면 보람과 남는 것이 있지만 남녀 사이에 정신적 바램을 얻고 나면 무엇이 남겠는가. 부부가 된다면 인간적인 갈등이 있을 것이요, 연인이 된다면 이별이 있지 않겠는가.

나는 16년 동안 보내지 못하는 편지를 쓸 만큼 잊지 못하는 여인이 있었다.

학교시절 딱 한 번 울고 있는 ―선생님께 매를 맞고 ― 나를 위로하고 양쪽 어머니들 사이에 결혼 이야기가 있었던 것 뿐인데 나는 그녀를 정말로 그리워했다. 그 그리움이 나를 버티게 한 힘이기도 했다.

출감 후 결혼을 앞두고 나는 그녀를 두 번씩이나 찾아 갔다가 집 앞에서 돌아서곤 했다. 10대 적의 그 소녀가 아니라 30대의 변한 모습을 보고 잊기 위해서였으나 그녀를 잊는다는 것이 너무도 허무했다. 지금도 그녀를 만난다면 꼭 이 말 한 마디는 하고 싶다. 평생을 그리워하며 살았다고.

퇴근길

1976년 12월

450원짜리 잔업을 하고
35원을 벌기 위해 걸어오는 퇴근길
포장마차 앞을 지날 때마다
허리가 자꾸만 접히어
아무리 주머니를 뒤져도 5원 한 잎 없고
몇 번이고 냉수를 얻어 마시고 나니
등줄에 흐르는 땀방울보다 굵은
눈물이 난다.

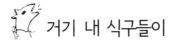 거기 내 식구들이

한달에도 몇 명씩 들고 나는 회사
오늘도 한 사람 퇴사를 했다.

젊으나 젊은 나이에
조건 맞춰 간 게 아니라
힘이 들어서라는데
환갑이 꽉 찬 나는 이나마 가슴 조인다.

인생 잘못 살고
저 못난 탓이겠지만
세상은 나를 너무 혹사하기도 했다.

22년 동안 결근 한 번 못하게 하고
부도나는 회사만 골라 보낸 것도 부족해서
자동차도 숨이 찬
회암리 투바이 고개와
임금도 길이 험해 물어 갔다는

포천 물어 고개를
새벽 3시에 자전거로 넘게 했다.
거기 돈이 있다면
한계령도 넘었다
진부령도 넘었다.

거기 내 식구들이 허기져 누웠다면
악어 밭에도 갔다
전갈 밭에도 갔다.

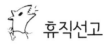 휴직선고

정년을 3년을 남기고
평생 내 식구들을 먹여 온 일터에서
휴직선고를 받는다.

건강상의 문제가 이유라지만
어디 그것이 될 법이나 한 일이냐.

어느 천둥이 이렇게 요란하고
어느 하늘이 내려앉은들
이토록 캄캄하랴.

내 식구 하나쯤 잃는다고
이런 심정일까.

양잿물 분진으로
가슴에 구멍이 조금 났기로
감기만도 못한 것을

청산가리 매연으로
철추에 물이 조금 말랐기로
손톱 하나쯤 빠진 것만도 못한 것을.

일곱 살 적에 어머니와 월남하며
겨드랑이 묻히는 눈밭을 헤매던 때가 그립다
어머니는 그때 앞에서 길을 터 주셨지.

굴욕이 돼도 나는 돌아온다
나의 수모는 내 가족들의 힘이니까.

해가 뉘엿뉘엿 지니
집이 그립다
한시라도 빨리 가족들이 보고 싶다
자꾸만 눈물이 난다.

이력서

나이보다 많은 이력서를 쓰며
항상 마지막이기를 바랬지만
하얀 들판에 억새꽃을 보며
무능한 애비를 둔
가엾은 딸네미를 생각한다.

노인정에 앉아서
판, 검사 효자 자식들만 두었다는
팔자 좋은 노인들의 자랑을 들으며
나는 또 다시 이력서를 쓴다.

직장 부도에
나보다 더 기죽은 아내
후회 없이 살려는 내 인생이 허무해서
눈물이 난다.
눈치에 맞춰 거짓말을 하자니
자꾸만 혼자라는 생각이 든다.

46

눈물 없이 보내주지

정말일까
믿어도 될까
유언 같은 아내의 말을
이미 의사의 말은 떨어졌고
나도 보낼 준비를 하고 있는데
한 살 때 돌아가신 어머니 기억은 없지만
열 살 때 돌아가신 아버지 생각을 하면
죽음이 두려운 게 아니라
기다려진댄다.

어릴 적 뛰어놀던 부모님 합장된 뒷동산
아버지 주머니에서 돈을 훔쳤는데
식구들 앞에서 묻어 주시고
이갈이 할 적에 검정 콩 엿을 주시며
아이들 모르게 먹으라 하시던 아버지
앉은 채로 무릎을 베여 주시고
돌아가신 아버지를 생각하면

하루속히 가고 싶댄다
멀리서 보시고
손짓을 하실 거란다.

살아서도 이만큼 후회 없으니
죽으면 더욱 행복할 거란다.
진정 그렇다면 나도
눈물 없이 보내주지.

술 지게미

점심 도시락이 없어
소풍도 가지 못했던 시절
어느 날 나는
어머님이 일 하시는 집에서
사카린을 탄 술 지게미를 배불리 먹고
붉은 얼굴은 고사하고
입에서 술 냄새를 풀풀 풍기고 있었다.
노한 선생님은
자백을 강요했지만
나는 죽어도 술은 먹지 않았다고
선생님 미치게 우겨댔다.

결국
운동장 계단을 앉아서 내려 갈 만큼
종아리를 맞았지만
나는 울지 않았다.
엄살도 하지 않았다.

술을 먹지 않은 건 사실이었고
어두워 풀려난 나는 운동장 끝에서
비로소 울고 있었다.

왜 그때서야 눈물이 났는지 모를 일이지만
이때
나의 팔을 당겨 일으킨
소녀가 있었다.

고향 떠나 50년
16년간 보내지 못하는 편지를 썼고
지금도 소녀시절 그를 그린다.

양쪽 어머니 사이에 혼인 말이 있었으나
남의 아내가 된 그녀
"먼 길 돌아왔군요."
만나서 첫 인사가
이러면 어떨까.

어머니

억만 번을 가슴 치며 후회한들
돌아오시나요
그 성스럽고 위대한
다른 편으로는 외롭고 슬픈 어머니.

거드랑 밑을 채우는 눈길을 헤쳐 주시고
찢긴 옷 다시 찢기며
가시넝쿨을 열어 주시던 어머니
무너진 막장 저 밖에 하얀점(광선) 하나가
갱 속에 갇힌 광부의 희망이듯
반항과 절망의 터널 속에서 방황하던 자식에게
한평생 기다림으로
천 마리 학이 아닌 만 마리 학은
내가 더 방황할 수 없는 이유였지
내 인생 저 끝에 한 점
찬란한 빛이였지.

횡설수설

 자식으로 말하면 미운 자식 고운 자식은 있어도 버리고 싶은 자식은 없을 것이다.

 소재로 본다면 좀 더 옮기고 싶은 작품들이 있으나 한정된 지면이 얼마나 여유가 있을지 알 수 없기에 이쯤에서 제1부를 마칠까 한다. 이만 해도 내 작품 세계를 이해하는 데는 어려움이 없으리라 생각한다.

제 2부
역사의 현장에서

인천 작약도에서 가족과 함께

저주의 생명

　나의 인생을 줄이고 줄이고 또 줄여서 한마디로 표현하자면 '저주의 생명'이 될 것이다.

　삶에 대한 미련과 애착에서 본다면 나의 목숨만큼 축복받은 생명도 드물겠지만 어쩔 수 없는 상황에 떠밀려 가다보니 저주라는 생각이 더욱 강하다.

　누군가 '건강하세요. 오래 사세요'하는 인사를 할 때면 나는 '빨리 죽을 축복을 받지 못한 사람입니다' 하고 농담처럼 대답을 하지만 그때마다 문득문득 꼭 죽을 수밖에 없던 사실이 소름끼치며 떠오르곤 한다.

　첫번째는 열 한 살, 6. 25때 일인데 지금의 김유정역이 있는 실내라는 곳에서 있었던 일이다.

　서울에서 6. 25를 만난 나는 춘성군 서면이란 곳에 있는 외가댁의 안부가 걱정되어 찾아가시는 어머니를 따라 그곳으로 가고 있었다. 굶으며 먹으며 —먹는다는 게 고작 빈집에 들어가서 된장 항아리에 말라붙은 된장을 긁어서 냉국을 타서 마심—.

이 마을에 도착한 어머니는 나와 함께 외가댁까지 가기도 힘들었지만 내가 배곯는 것이 가엾어서 남자들은 모두 피난가고 어린아이 둘만 데리고 사는 여인의 집에 아이를 보게로 남게 했다.

그런데 나는 죽어라 하고 어머니를 놓지 않았다. 하는 수 없이 돌아오는 길에 다시 있기로 하고 얼마만에 돌아와 보니 마을은 완전히 쑥대밭이 되어 있었다.

서른 세 가구중 세 가구만 남고 몽땅 사살을 당했는데 가축까지도 남김없이 죽임을 당했다. 내용인즉 6. 25때 포위망을 뚫지 못한 두 병사가 마을 뒷산에 숨어 있었는데 인민군이 들어오자 세 집만 남겨 두고 모두가 인공기를 들고 환영을 했다는 것이다.

그 사실을 수복이 되면서 아군과 합류한 두 병사가 고발을 해서 일어난 사건인데 내가 있기로 한 집도 물론 죽임을 당했다. 그때 만일 내가 거기에 있었다면 두말할 필요가 없지 않은가. '그 애는 그 집 애가 아니다'라고 변명해 줄 사람도 없을뿐더러 변명을 해준들 누가 믿어 주겠는가. 모두가 눈이 뒤집혀진 상황인데 우리가 도착한 그날도 길 가던 노인 한 사람을 빨갱이라고 논두렁 밑에 앉혀 놓고 총살하는 것을 보았다.

그때 내가 거기에 있었다면 꼼짝없이 죽었을 것은 뻔한 일이 아닌가.

두번째로는 19살 때 천안 삼일육아원이란 고아원에 있을 때의 일인데, 그때도 꼼짝없이 죽을 수밖에 없는 위기였는데 아직 내 고생은 시작도 아니었는지 다행이 아니라 불행하게도 죽음을 면할 수가 있었다.

1959년, 삼일육아원에는 최영만이란 총 반장이 있었는데 내가 그 곳에 들어가기 전 1년 동안에 6명의 아이들이 그의 손에 죽었다고 했다.

고아원에서 주는 밥으로 배도 고팠지만 최영만의 가혹 행위가 무서워서 도주하다 잡힌 아이들의 폭행에 의한 즉사 또는 후유증으로 생긴 일들이었다.

원장도 선생도(1명뿐) 이런 사실을 알았지만 아이들의 도주를 예방하기 위해서 묵인했던 것이다. 죽은 아이들은 도주자로 간주하면 그뿐이었다. 종이 한 장으로 바꾸는 생명, 그것은 고아들의 현실이었다.

그런데 내가 최영만에게 가시가 된 것은 지나친 아이들의 폭행을 가끔 제지하고 나오는 데도 있었지만 결정적인 이유는 어느 날 밤 여자 아이들의 방에서 나오는 것을 목격 당했기 때문이다.

그 방에는 네 명의 여자 아이들이 있었는데 원장

어머니로부터 사랑을 독차지한 열 네 살의 아주 예쁜 아이가 있었다. 누구의 울음소리인지는 알 수 없었으나 울음소리가 새어 나오고 있었다.

어쨌든 가끔 인근 과수원을 습격하거나 천안역으로 가출 아이들을 잡으러 — 인원 충당을 위해서 — (30명 밖에 없었는데 60명의 보조금을 받았음), 가는 일이 있었는데 그때를 이용해서 나를 제거하기로 모의가 되었던 것이다.

"형! 오늘 밤에 튀어! 영만이 형이 오늘 밤에 형을 깨버린대."

화장실에서 다급한 목소리로 한 아이가 일러주고 사라졌다. 그를 찾아 경위와 사실을 확인할 필요는 없었다. 어느 고아원에서건 라이벌 간에 목숨을 건 격투는 흔한 일이요, 조금 비겁한 일이긴 하나 선제공격 또한 정당한 생존의 수단으로 인정되기 내문이다.

이밖에도 논리적으로 풀어 간다면 이해가 되지만 상식적으로는 도저히 이해가 안 가는 기적 같은 사실들이 몇 차례 있으나 그것은 그 상황에 가서 풀어보기로 하고 다음 장으로 넘어 가기로 한다.

겨울 용띠 인생

용은 상상의 동물이 아니다. 적어도 나에게는 그
렇다. 상징의 동물이다. 내 인생의 예고의 동물이
다. 일반적으로는 용맹과 권력과 영원한 행운을 연
상시키지만 나에게 있어서는 비운을 예고한다.

천둥 번개가 치는 한 여름이 아니라 온 천지가 눈
으로 하얗게 덮이고 물이 있는 곳이면 어디든 꽁꽁
얼어붙은 세상, 살 곳이 없다. 누군가 어름을 깨어
주지 않으면 스스로 깨야 하는데 그러자니 전신에
상처를 입어야 하고 막상 나오고 보니 온 세상이 눈
밭일 뿐이다.

음력으로 동짓달 초 열흘 용띠 인생. 나는 태어나
기 전부터 비운을 안고 있었다. 나를 세상에 내보내
지 않기 위해서 어머니는 간장을 대접으로 마시고
그 추운 눈밭을 맨발로 헤매시기도 했다. 차라리 원
수만도 못한 그 인간의 씨를 받지 않기 위해서였다.
— 어머니의 표현 —

어디에선가도 잠깐 이야기를 했지만 여자들의 문

제로 인한 아버지와의 갈등 때문이었다.

도대체 한양 조씨가 뭐길래 외할아버지는 열세 살 밖에 안 되는 딸을 민며느리로 보내셨는지 모른다. 그것도 화전과 숯 산판으로 살아가는 함경도 산골짜기로 말이다.

아무튼 열 여섯에 혼례를 올리신 어머니는 그때부터 인생을 알기 시작했던 것이다. 무엇이 문제였는지 모르지만 혼례 후 얼마 안가서 가출을 한 아버지는 돌아올 때마다 새로운 여자를 데리고 오곤 했다.

어머니가 1912년생이니까 그 시대에 부부 싸움이란 상상도 할 수 없는 일이요, 이혼이란 말이나 생각은 더더구나 할 수 없었다. 게다가 20대를 넘어 30대에 접어들면서 아버지의 폭행까지 시작되었다.

아내의 권리나 여자의 권리는 알 수 없었으나 여자로서의 남편에 대한 불만은 본능적으로 느낄 수 있었다. 그것이 폭행의 동기요 이유였다.

그러던 1946년, 그러니까 해방이 되던 다음 해 어머니는 나를 데리고 월남을 하셨다. 어떤 계획이나 목적이 있었던 게 아니라 춘천에 있는 친정에 잠시 다녀가기로 하고 나왔던 것인데 갑자기 38선이 가로 막혔던 것이다. 헌데 다시 38선이 열릴지도 알 수 없고, 그렇다고 막연히 친정에 얹혀 살 수 없는 어머니는 나를 고아원으로 보내고 식모살이의 길을 떠나셨다.

학창시절의 추억

 학창시절 하면 남들은 대학까지를 말하거나 적어도 고등학교나 중학교 까지를 말하지만 나는 초등학교 시절 밖에 없다. 그것도 학년으로 보면 5학년이지만 실제로 다닌 년수로 보면 2년 밖에 되지 않는다.

 1950년 6. 25전쟁으로 인하여 더 이상 고아원에 있을 수 없는 나는 어머니를 따라 고향으로 향했다. 그러나 38선은 무너졌지만 전선은 무너지지 않았다.

 저 멀리 북쪽에는 포탄 소리와 총소리가 여전하지만 나는 어머니를 따라 밤이면 화천 앞강을 건느고 낮이면 쫓겨나고, 그러기를 여러 차례, 결국 그토록 가기를 원했던 고향엘 가지 못하고 휴전을 맞고 말았다. 그래서 피난 보따리를 내려놓은 곳이 강원도 춘성군 사북면 지촌리란 곳인데 제일 급한 것은 먹고 사는 문제이기도 했지만 나이 관계로 학교 문제도 급했다. 그래서 어머니는 나를 입학부터 시켰다.

 학교라고는 문턱에도 가보지 못한 나를 나이 관계

로 3학년에 입학을 시켰는데 그때가 학기 말이었다. 당연히 낙제를 했고, 3학년 1학기부터 다니기 시작한 나는 평균점수 97로 1등을 했다. 그리고 4학년 2학기에 월반을 했는데 그 때도 1등이었다.

3학년 담임 ─여선생님 이름은 잊었음─선생님과 4학년 박치주란 선생님으로부터 천재라는 칭찬을 받기도 했다. 공부는 5학년에 가서도 전학기 1등을 했는데 언제 누구로부터 시작됐는지 모르겠는데 마을 아저씨들로부터 '개고기'란 별명을 듣기 시작했다.

정식 발령을 받았다는 선생님들로 부터도 좋은 인상을 받지 못했다. 그것은 방과 후 고물을 주으러 다닐 수밖에 없는 나의 형편때문이었다.

전방 어느 주보에서 일하신다는 어머니는 먹을 것이 떨어질만 하면 쌀도 아닌 잡곡을 갖다 주셨는데 나는 늘 배가 고팠다. 그래서 군부대 철조망 밖에 버려진 공병이나 깡통, 그리고 사격장에 가서 탄피 등을 주어다 엿장수에게 팔아서 주로 건빵을 사서 먹었다. 엿을 무척이나 먹고 싶었지만 그것이 건빵보다 배가 부르지 않다는 사실을 잘 알고 있었다. 고물을 어께에 매고 다니는 것을 여러 선생님으로부터 목격을 당했고, 길엄배란 담임 선생님에게는 여러 차례 고물을 압수당하기도 했다.

그것이 무슨 잘못이라고 다음 날 학교에 가면 벌까지 세웠다. 그러던 5학년 학기 말, 그러니까 겨울 어느 날 나는 도둑의 누명을 쓰고 선생님으로부터 체벌이 아닌 고문을 당했다.

지금 생각해도 그것은 분명 고문 수준인데 점심시간에 시작한 매가 어두울 때까지 계속되었고 얼마나 종아리를 많이 맞았는지 무릎이 접히지를 않아 운동장 계단을 내려올 때 난간을 타고 엉덩이로 내려왔다.

당시 교실이 부족한 학교에서는 근처에 있는 고아원 강당을 빌려서 4학년과 5학년이 쓰고 있었는데 그날 예방접종을 위해서 본교로 가게 되었다. 헌데 나를 비롯한 장봉규, 홍재근이란 아이가 당번으로 남게 되었다. 난로를 지키기 위해서이기도 했지만 난로 위의 도시락을 교대로 덮혀 주기 위해서였다.

헌데 이게 웬일인가! 점심시간에 돌아온 선생님이 도시락 확인을 위해서 열어보니 밥이 반씩이나 없어져 있었다. 이것도 저것도 열어보는 것마다 다 그랬다. 도시락 주인 아이들에게 영문을 물었으나 모두가 모른다는 것이었다. 꼼짝없이 세 아이가 뒤집어 쓸 수밖에 없었다.

자백을 위해서 매질은 시작되었고, 종아리를 맞을

때마다 걸상에서 떨어져 대굴대굴 구른 두 아이는 덜 맞았지만 이를 악물고 버틴 나는 몇 배를 더 맞았다.

 어째서 선생님은 64명의 5학년 학생과 그보다 조금 적은 4학년 학생 전원의 도시락을 세 명의 학생이 다 먹을 수 있다고 생각했는지 모르겠다. 그리고 자신은 학교 다닐 때 점심시간 전에 도시락을 까먹은 기억이 없는지 모르겠다. 그러나 나는 알고 있다. 그때 선생님은 범인을 잡고야 말겠다는 책임감과 집념이 아니라 일종의 감정풀이요, 오기였다는 사실을.

 그 사건이 있기 얼마 전 일이었다. 보건 시간이었는데 남자 아이들만 집합을 시킨 선생님은 주머니 검사를 시작했다. 담배 소지자를 찾아내기 위해서였다. 헌데 나의 주머니에서는 작은 수첩이 하나 나왔다. 거기에는 선생님과 몇 사람의 이름이 적혀 있었다. 선생님은 이유를 물었다. 너무도 갑작스러운 일이다 보니 나는 평상시의 감정을 사실대로 말할 수밖에 없었다. '어른이 되어 복수할 사람들'이라고 어느 천사가 어느 성인이 이런 말을 듣고 편안히 넘길 수 있겠는가.

 나는 그날도 교실에 홀로 남아서 지금 생각해도

견디기 어려운 매를 맞았다. 내가 이처럼 선생님에 대해서 깊은 감정을 갖게 된 것은 고물 문제로 여러 차례 벌을 받기도 했지만 몇 차례인가 등교 시간에 교문 앞에 무릎을 꿇어 놓았던 사실 때문이다. 당시 나는 왜 벌을 받고 이와 같은 망신을 당해야 했는지 도저히 이해가 가지 않았다.

4학년 때 담임선생님은 이런 때(고물을 팔러 갈 때) 찐빵을 사주시고 건빵을 사주셨다. 지금도 나는 명절이 무엇인지 생일이 무엇인지 모르고 살지만 어린 시절에는 더더욱 그랬다. 도시락을 싸지 못해서 소풍을 가지 못하고 운동회 날에도 같은 반 아이에게서 고구마를 얻어먹기도 했다. 동네 아이들이 몰려다니며 세배를 할 때 나는 산으로 나무를 하러 가야만 했다.

나는 아버지라는 사람은 생각소차 하기 싫지만 어머니에게는 두 가지 큰 재산을 몰려 받았다. 첫째는 상상을 초월하는 체력이요, 둘째는 어떠한 상황에서도 굽힐 줄 모르는 정신력이다. 고아원 시절에는 의식주만은 저절로 해결되었지만 어머니에게서 떨어져 있는 동안에는 이 모든 것들을 스스로 해결하지 않으면 안 되었다. 그 정신이 훗날 22년 동안 결근 한 번 하지 않았고, 2002년 퇴직 후 건설 현장(노가다) 4년 동안 한 번도 쉬어 본 날이 없다. 아무리 힘들고 생소한 일이라도 '내가 이걸 어떻게 하나!' 하고 주저해 본 일도 없다.

갑자기 문맥의 흐름이 바뀌지만 어차피 잘라 버릴 수 없는 내 인생이기에 앞에서 잠간 복수자의 명단에 있던 두 사람을 밝히고 넘어가야 하겠다.

그 한 사람은 마을 이장으로서 누에를 강제로 맡기고 그 댓가로 나온 비료를 땅이 없다는 이유로 자기가 가로챈 사람이요, 다른 한 사람은 동네 반장으로서 우리가 부치던 텃밭을 빼앗은 사람인데 그 과정에서 억울한 폭력이 있었다. 이장은 약속을 지켜야 한다는 나의 말에 어린놈이 말이 많다고 하며 장작개피로 나를 수도 없이 때린 사람이요, 반장은 어머니를 밭고랑에다 쓰러뜨린 사람이다.

그 땅은 피난에서 돌아오지 않은 사람의 것인지 아니면 전란 중에 사망한 것인지는 모르지만 휴전 후에도 주인이 나타나지 않아서 우리가 부치고 있었는데 어느 날 반장이 갈아엎었던 것이다. 항의 과정에서 맘이 밭고랑에다 쓰러트렸지 사실대로 표현한다면 머리채를 잡아 밭고랑에다 처박았던 것이다.

이 사실을 목격한 내가 복수의 원한을 품지 않았다면 나는 인간도 아니요, 자식도 아니요, 위선자

일 뿐이다.

나는 정말 이 사람들에 대한 복수의 계획으로 1957
년 해병대에 지원까지 했다. 그러나 호적 나이에 15
세 밖에 되지 않았기 때문에 입대가 되지 못했다.

헌데 내가 해병대에 지원했던 것은 마을에 해병대
군인이 한 명만 나타나도 술 먹던 군인들이 모두 부
대로 숨어버리고 춘천역에서 용산역까지 가는 군용
열차를 타다 보면 해병대 한 명이 온통 열차의 군인
들을 꼼짝 못하게 하는 것을 보았기 때문이다.

당시 모든 군인들의 휴가 때는 총을 소지하고 나
올 수 있었다. 그 후 잦은 사고 때문에 그것이 금지
되어 있었다.

살인사건 전후

나는 이 글의 제1부에서 금품을 노린 강도 살인이나 강간을 위한 살인 말고 원한에 의한 살인이라면 죽은 자가 더 악질적인 죄인이란 말을 했다.

나는 사람을 죽였다. 그러나 분명 살인은 아니다. 56년 전 사건을 뒤집으려 하거나 16년씩이나 죄 값을 치르고 난 후에 어떤 보상이라도 받으려는 것이 아니라 지금껏 살아오면서 살인과 폭행치사 사이를 구별할 수 있겠기에 그 점을 분명히 하자는 것이다.

살인과 폭행치사는 도덕적으로 보면 아무런 의미가 없다. 어쨌든 사람이 죽었기 때문이다. 그러나 법적으로 보면 분명히 다르다.

살인은 계획적이어야 한다. 그러나 나는 우발적이었다. 도시락 사건도 사건이려니와 더 이상 선생님과의 갈등을 감당하기 어려운 나는 자퇴를 하고 인근에 있는 형석 광산이란 곳에 요즘말로 취업을 했다.

해방과 함께 일본인들이 쫓겨 가면서 폐광이 됐던 곳인데 내 생애에 처음으로 돈이란 것을 벌게 한 곳이었다.

 어른들의 하루 품삯이 1,200환인데 어른들보다 일을 더 많이 하는 나는 800환을 받았다. 공연한 불만이 아니라 어른들과 똑같이 선별된 감석을 들어 나르다 어른들이 담배를 피우는 시간에 나는 아낙네들의 세척 감석을 대 주어야 했기 때문이다.

 나는 금방 시골에서는 흔치 않은 부자가 되었다. 젖 떨어진 송아지 한 마리가 2만 환씩 하는데 나는 어머니와 함께 1년 만에 송아지 10마리 값을 모았던 것이다. 헌데 이것을 주위에서 가만히 두지 않았다. 바로 산넘어에 또 하나의 광산이 시작되고 있었는데 광산 주인은 여자였다.

 헌데 어느 날 우리가 현금을 가지고 있다는 사실을 어떻게 알고 찾아왔다. 노다지가 터지면 몇 배로 갚는 건 물론 1년 후에는 원금의 배로 갚겠다는 것이었다.

 나는 소를 키울 돈이라고 했지만 잘못하면 소는 죽을 수도 있고, 소를 팔아 가지고 오다가 강도를 당할 수도 있다고 했다. 잘못하면 죽을 수도 있다고 했다. 듣고 보니 그랬다. 그래서 돈을 주었지만 매달 주기로 한 이자는 물론 1년이 지난 후에도 돈을 주지 않았다. 나는 불안해졌고, 게다가 어른들의 꼬임으로 광산에서 쫓겨난 상태였다.

 나는 지금도 그 당시에 노동법이 있었는지 모르지만 어른들은 일이 끝나고 술집에 모이기만 하면 하루 14시간의 노동은 위법이라고 침을 튀겼다. 그래서 따지면(항의)될 게 아니냐고 했더니 네가 간주날 시작하면 옆에서 도와주겠다고 했지만 막상 '이 자식 뱃대기가 불렀구나. 내일부터 당장 그만 두라'고 하니 아무도 나서는 사람이 없었다.

 내 생애에 최초로 실직이란 암담한 경험이었는데 폐석더미에 가서 감석을 주었지만 하루 200환 벌이도 되지 않았다. 얼마 안가서 여유 있던 돈도 바닥이 났고 빌려준 돈에 매달릴 수밖에 없었는데 아침에 가면 저녁에, 저녁에 가면 내일 아침에 오라는 말뿐이었다. 그러는 과정에서 어머니는 두통이 시작되었다. 전에도 그런 일이 가끔 있었는데 아버지에게 맞은 으혈(골병) 때문이라고 하셨다.

 아버지는 어머니에게 폭행을 가할 때 빨래 방망이나 다듬이 방망이로 꼭 머리를 때리거나 정강이를 때린 후 (반항하지 못하게) 폭행을 했다고 하셨다.

 앞에서 내가 어머니의 체력을 물려받았다고 했는데 정상적인 상태에서의 아버지의 폭력은 불가능했다. 체구는 작았지만 주정꾼 세 명을 나를 업은 채로 문 밖으로 내던질 만큼의 체력이었고, 벼 품팔이를 할 때 4명의 장정들이 들어서 이워 준 볏짐을 몇 킬로이든 목적지까지 가신 어머니였다. 그래서 품삯도 남자들과 똑같이 받으셨다. 아무튼 어머니는 그런 후유증으로 가끔 두통을 호소하셨는데 내가 사고가 나기 이틀 전에도 몹시 애를 쓰셨다. 그래서 채무자인 그를 찾아 갔는데 그까짓 돈 몇 푼 때문에 멀쩡한 사람을 아프다고 거짓말을 하느냐고 했다. 그러면 어머니를 보면 돈을 주겠느냐고 했다. 그러마고 했다.

나는 저녁 늦게 어머니를 업고 그를 찾아 갔다. 그러나 또 다시 내일 오라고 했다. 하는 수 없이 나는 어머니를 그 집에 남겨 두고 집으로 돌아와야만 했다. 어차피 내일 돈을 준다면 병원에 가기 위해서 다시 내려와야 하기도 했지만 광산이란 곳이 주인이 없으면 가축들이 남아나지 않기 때문이었다.

나는 그때 토끼를 수십 마리 사육하고 있었다. 헌데 아침 일찍 내려와 보니 어머니는 그 집에서 쫓겨나 바로 앞 군인가족 집에 계셨다.

사연을 듣고 난 나는 더 이상 참지 못하고 마당에 있던 도끼를 들고 그 집을 향했다. 그러나 생판 모르는 군인가족 아주머니가 나의 앞을 가로 막았다.

그리고 어머니는 마루에서 굴러 떨어지시며 나의 다리를 잡으셨다. 하는 수 없어 그날 집에 갔다가 다음 날 아침 일찍 그 집을 향해 내려가는데 우연히 채무자를 만났다. 마을과 광산 중간 지점이었는데 거기에는 아무도 살지 않는 골짜기였다. 너무 이른 시간인지라 광산으로 일을 가는 사람도 없었다.

그는 이처럼 일찍 어디를 가느냐고 했고, 나는 소장님(그녀)을 만나러 가는 길이라고 했다. 자연스럽게 돈 이야기가 나올 수밖에 없었다. 몇 분인가 언쟁 끝에 못주는 게 아니라 안 주려는 게 아니냐고 따졌다. 그는 발끈하며 그렇다고 했다. 그 순간 나는 다시 한번 확인했다. 그동안 돈을 두고도 주지 않았느냐고. 그는 그랬다고 했다.

순간 나의 가슴은 뛰기 시작했다. 어머니가 돈을 받으러 가셨다가 울면서 돌아오신 일이 생각났다. 그때 쌀이 떨어졌다고 하니까 밥사발로 반쯤 쌀을 담아서 마루 끝으로 밀어버리더라는 것이었다.

그 추운 화학산 광산 현장에서 양말도 신지 못하고 일하던 때가 문득 떠올랐다. 나는 가슴을 떨면서 정말이었느냐고 물었다.

'그랬으니까 받을 재주 있으면 받아보라'고 했다. 그리고 돈 구하러 가는 길에 '아침부터 재수가 없다'

고 했다. 그 순간 기어이 나의 주먹이 날아가고 말
았다. 어른이고 뭐고 없었다. 내 분이 가라앉았을
때는 이미 그는 죽어 있었다.

 이것이 내 사건의 전부인데 경찰서에서도 재판에
서도 '살인'이라고 했다. 형무소(당시 교도소)에서의
주변 사람들은 애초에 살인 의사도 없었고 사전에
계획한 바도 없으니 당연히 폭행치사라고 했고, 경
찰 조사관도 법에도 눈물이 있으니 시인하고 동정
을 받으라고 했다. 계획은 없었다고 하지만 결과적
으로 사람이 죽었으니 죽일 마음이 그 순간에 있었
기 때문이라고 했다.

 솔직히 그때는 폭행치사와 살인의 차이를 나는 몰
랐다. 징역을 살면서 알게 되었지만 그것은 무기징
역과 유기징역의 차이일 뿐만 아니라 사형을 받을
수 있는 죄이기도 했다.

 결국 나는 검사의 '사형' 구형에서 1, 2, 3심 모두
에서 무기징역을 받았던 것이다. 그것도 소년수이
기 때문이었다.

 내가 징역을 살면서 아쉬워 한 바이지만 춘천이
아닌 서울에서 재판을 받았다면 무기징역까지는 받
지 않았을 거란 생각이 늘 들었다. 정말 무섭고 잔
인한 살인사건들도 무기형이나 15년, 또는 10년의

징역을 받는 것을 보았기 때문이다.

　예를 든다면 한도 끝도 없겠지만 형수를 강간하고 살해한 사건, 탈옥까지 해 가면서 아버지를 살해한 사건들이 그것이다. 자수를 체포로 하려고 했던 그들이 무슨 회유는 없었겠는가.

　나는 도피중 병점이란 곳에서 도금호(가명)라는 사람을 만났는데 하룻밤 묶는 동안에 내 사연을 듣고 신문사에 가서 자수를 하라고 했던 것이다. 경찰서로 바로 가면 자수자가 되지 않는다는 것이었다. 그는 '독립운동과 청년 이승만'이란 영화 씨나리오를 썼다고 하는데 영화로 나왔는지 모른다. 어쨌든 나는 그가 시키는대로 한국일보사를 찾아갔고 그곳에서 종로경찰서로 안내했으며 다시 춘천경찰서로 압송되었다.

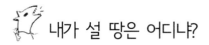 내가 설 땅은 어디냐?

「내가 설 땅은 어디냐?」—이것은 월남작가 허근욱 씨의 자서전 표제이기도 하지만 이것은 나의 16년 복역중 그 절반이 되는 8년 동안의 절망과 반항의 세월을 말하는 것이다.

1961년 5. 16이란 군사혁명은 정치적 상황 외에도 우리 사회에 많은 변화를 가져 왔다. 신문과 방송을 대할 수가 없으니 일반 사회는 몰라도 교도소에는 믿을 수 없는 변화의 바람이 불어오기 시작했다.

우선 형벌을 목적으로 하는 형무소라는 이름에서 교정 교화를 목적으로 하는 교도소란 이름으로 바뀌었고, 죄수가 죄수를 통솔 관리하는 자치제라는 것도 생겼다. 물론 일부 시험 실시의 단계이긴 했지만 그 자체로서 변화가 아닐 수 없었다.

어떤 인물이 그 시대, 그 나라를 통치하느냐에 따라 그 나라가 잘 될 수도 잘못 될 수도 있듯이 새 바람을 타고 온 스스로가 통제하고 개발하는 교도소의 자치제가 그랬다.

1967년경 수원교도소는 이미 모범 교도소란 이름이 붙을 만큼 성공했지만 서대문교도소에서 서울구치소로 이름과 기능이 바뀌면서 도입된 이곳의 자치제는 많은 문제점를 안고 있었다.

가장 큰 문제가 다른 곳으로 이감을 가지 않고 이곳에 남는 일인데 여기에는 비리라는 비정상적인 방법이 있었다. 금품이었다. 그중에서도 소내(울타리 안)라고 하면 어디든 간수의 경호없이 갈 수 있는 원예라는 부서인데 나는 불행하게도 이 부서에 배치가 되었다. 그토록 남들이 돈을 써가면서까지 가기를 원하는 부서에 배치된 것이 행운이 아니라 불행이란 말은 그곳이 아니면 일어날 수 없었던 사건 때문이다.

나는 지금도 하룻밤에 몇 차례씩 저린 팔을 주물러야 했지만 50년 전 사고 당시에는 팔을 절단하지 않으면 안 된다고 할 만큼 큰 상해를 입었다.

손은 튀겨놓은 닭발처럼 오그라들었고, 팔은 뒤틀리어 앞으로 돌아오지 않았다. 30여 명의 무술 교도관들에게 집단 폭행을 당하고 미지막에는 움직일 수 없도록 포박을 당하면서 피가 통하지 못할 만큼 포승을 조였기 때문이다. 24시간 동안에 몇 차례나 기절을 했고, 이때마다 생명이 위험하다고 근무자가 보고를 했지만 최고 책임자인 보안과장은 들어주지 않았다.

교도소란 원래 작은 잘못에도 폭행으로 시작하지만 조금이라도 저항의 눈치가 보이면 집단 폭행을 하는 곳인데 자치대 본부는 교도관들보다 더 했다. 마치 간첩 취조하는 특무대 고문실 같았다. 어떤 이유에서건 그곳에 끌려갔다 하면 업혀 나오는 것이 일상이었다. 나는 그것이 두려워서 저항했던 것인데 난동자로 몰려 무술 교도관들이 동원되었던 것이다.

교도소 의무 시설이란 나에게는 아무런 도움도 되지 않았다. 그래서 밖에 나가서 치료를 받도록 해달라는 요청을 했는데 이때마다 이감이 아니면 독방 신세였다. 지치고 지친 나는 결국 생을 포기하는 수밖에 없었다. 허지만 죽을 수 있는 방법도 없었다. 철사 하나, 못 하나를 구할 수 있는 환경이 아닌 데다 단식은 강제 금식을 시켰다. 목구멍에 호수를 넣고 깔대기에다 음식물을 우겨넣는 일은 죽음보다 더한 고통이었다.

죽을 수도 살 수도 없는 이 절벽 앞에서 나는 어떻게 살아남아야 했던가. 오직 체념뿐이었다.

나는 왜 죽지 않았는가?

효자는 아니래도
불효자가 되지 않기 위해서
나는 죽지 않았다.

천리 밖에 병원이 있던 시절
열네 살 어린 게 늑막염이 설려
산으로, 또 산으로 약초를 찾아 헤매신 어머니

송충이만 보아도 자지러지시던 어머니가
구렁이, 독사, 살무사까지 잡아들이셨지

기어이 살려 놓았더니 녀석은
스물 하나에 사람을 죽였지

어머니 가슴에
말뚝 같은 못을 박았을까!
작두만한 칼을 꽂았을까!
검사의 '사형'이란 구형에서

판사의 '무기징역'이란 판결이 떨어지는 순간
기쁨을 드렸을까!
절망을 드렸을까!
바위를 안겼을까!
화산 같은 불덩어리를 안겼을까!

16년 옥중 생활에서
절반은 독방에서 살 만큼
자학과 자해로 인한
모진 고문과 폭행 앞에서
한해 겨울에
2백여 명이 죽어 나갔다는
교도소가 아닌 형무소 시절에
인천 바다가 얼었다는 그 해
묶인 채로 버려진 나는
왜 얼어 죽지 않고
굶어 죽지 않고
맞아 죽지 않았는가
효자는 아니라도
불효자가 되지 않기 위해서였다.

내가 살아 있다는 건 어머님께

눈물이면서 희망이 아니겠는가.

교도소 철새가 된 열 한번의 이감과
그때마도 교도소 앞에서
식모살이를 하신 어머니
한 달 30일을 채우지 못하고
쫓겨나야 하셨던 건
온돌방을 두고도
냉방에서 살 수밖에 없는
가슴에 묻힌 불덩어리 때문이였지.

그래도 나는 불효자가 아니다
적어도 어머니 앞에
교수형으로 먼저 가지 않았으니.

횡설수설

  자학과 체념으로 나는 한세상 살아 왔다. 교도소에서
마저도 갈 곳이 없어서 열 한번의 이감을 했고, 그때미
다 받아들이는 쪽에선 서류만 보고도 이런 곤죠통(말
썽꾸러기)은 받을 수 없다고 거절을 했다. 그러나 법무
부의 결정이니 할 수 없다고 했다.

이렇게 해서 마지막 간 곳이 아이러니 하게도 수원 모범교도소였다. 그곳에 가서 개과천선하라는 게 아니라 다른 곳으로 보낸다면 이감 중에 난동이나 도주를 우려해서였다. 가석방이 우선 대상인 곳이니까 막연하나마 어떤 희망으로 조용히 살기를 바랬던 건 아니다. 우리 사회도 그렇지만 교도소에선 더더구나 한번 버린 인간은 영원히 버리는 것이다.

 16년 복역 중에 절반은 독방에서 살았다고 했는데 그곳이 어떤 곳인지 잠시 살펴볼까 한다. 인간의 생명이 얼마나 모진지 알아보기 위해서이다.

우선 '독방' 하면 생각나는 것은 마포형무소(지금은 없어졌지만) 저 유명한 시베리아 감방이다. 시베리아라는 말이 암시하듯 형무소에서 가장 추운 곳이기도 하지만 그곳에는 전향하지 않은, 즉 간첩으로 넘어와서 공산주의 사상을 버릴 수 없다는 사람들만 수용한 곳이었다. 아무튼 그곳이 아니더라도 독방이란 그 안에서 다시 어떤 잘못을 해서 징계하는 방인데, 말 그대로 혼자 있도록 되어 있다. 헌데 5. 16 혁명이 일어나면서 그 용도는 정반대가 되었다. 사회 정화다 뭐다 해서 마구 잡아들이다 보니 시설이 모자라서 0.7평짜리 감방에 10명이 넘는 인원을 수용할 수밖에 없었던 것이다. 앉지도 서지도 못하는 형편인데 참으로 신비스러운 것은 새벽이면 모두가 쓰러져 있다는 사실이다. 한마디로 돼지 사육장만도 못했다.

혁명보다 더 큰 사건

'통솔의 천재!'

'회사는 포기할 수 있어도 그 사람은 포기할 수 없어요.'

우리나라 제지업계에서 몇째 안가는 중앙제지 제3공장 유희성이란 사장이 나를 두고 한 말인데, 본사에서 파견된 기술 지도자 공무과장을 폭행한 사건에서 생긴 말이다. 그때 회장님이 사장을 불러 당장 기관장이란 놈을 해고하라고 했던 것이다.

이야기가 잠깐 앞뒤가 바뀌지만 그 회사 보일러실 책임자로 있던 나는 인수 회사 가동을 앞당기는 데 공헌이 컸다. 회사 마당에 텐트를 쳐놓고 아침 5시에서부터 저녁 10시까지 홀로 남아서 작업을 했다. 보답을 의식한 건 아니고 내 일에 보람을 느끼고 재미도 느꼈을 뿐이다. 하다 보니 회사에 큰 일이 있을 때마다 공장장이나 총무부장을 보내는 것이 아니라 나를 보냈다.

거래처에서 반품이 들어오고 거래를 끊겠다고 할

때도 생산 책임자를 보내는 것이 아니라 나를 보냈다. 그러면 나는 오히려 주문을 받아 가지고 왔다. 비결은 하나 뿐이었다. 진실 말이다.

"당신이 어떤 문제 해결을 위해서 윗사람으로부터 지시를 받았는데 해결하지 못했다면 어떤 심정이겠는가? 그리고 이 나이에 실직이 된다고 하면 나만 고통을 당하는 게 아니라 내 가족들도 고통을 받아야 하지 않겠는가."

그러면 대개는 공감을 하고 '당신을 봐서 한번 참아 주겠다'고 한다.

휴일 날 동료들끼리 놀러 갔다가 한탄강에서 익사한 사건이 있었을 때도, 원료 탱크에 빠져서 두 사람씩이나 사망한 사고가 있었는데 이때도 회사를 대신해서 나를 부검장에 까지 보냈다.

전자의 경우 유속들이 떼거지로 몰려와서 회사가 책임지라고 아우성 칠 때 업무와는 상관없는 개인적인 실수를 책임질 수 없다고 단호히 말했고, 후자의 경우는 개스 중독사라는 경찰 측에 맞서 나는 실족에 의한 익사사라고 주장했다.

회사 편을 들기 위해서가 아니라 원료 탱크 청소에서 얻은 경험의 신념이었다. 그리고 그들이 몇 시간 전 작업장 내에서 음주하는 사실을 목격했기 때문이다. 결국 부검장에서 진실은 밝혀졌고, 공연히 화까지 냈던 경찰관은 즉석에서 사과까지 했다.

이런 일이 있은 얼마 후 사장은 나를 공장장 자리로 옮겨 놓았다. 공석이기도 했지만 평소에 대원들이 자기 부서 책임자들 말보다 내 말을 더 잘 들었기 때문이라고 생각되기는 했지만 기술적으로 분야도 다를 뿐더러 자격도 어울리지도 않았다. 허나 사장은 나의 사양에도 1년이란 조건을 달았다. 그러나 약속 날짜가 지나도 아무런 조치가 없었다. 조르다 못한 나는 단식에 들어갔다.

작으나 크나 일개 공장에 공장장이라고 하면 공장에 관해서는 1인자요, 회사에 관해서는 2인자인데 그 자리가 싫어서 단식까지 했다면 누가 믿어 주겠는가. 허지만 이건 사실이었고, 공장장 1년 동안의 속박은 여간 힘든 게 아니었다.

공장에 어떤 일이 발생했다 하면 새벽에도 나가야 하고 해결이 되지 않으면 밤중에도 들어오지 못하는 게 그 자리였다. 전처럼 제 시간에 출근하고 제 시간에 퇴근하고 싶었다.

이쯤에서 새치기 이야기는 그만하고 본래의 줄거리로 연결하기로 하자.

사람이 세상을 살다보면 원수만 만나는 게 아니라

은인도 만날 수 있는 게 인생이 아닌가 싶은네 나는 수원교도소에서 노희수란 교무과장을 만났다.

그는 또 다시 어디론가 쫓겨 갈지 모르는 나를 붙잡았다. 자기가 책임지고 사람 하나 만들어 보겠노라고, 그리고 형기상으로 아무 데도 나갈 수 없는 나를 도서실에 배치토록 했다.

그곳엔 3년 이하의 단기수들과 이인수란 5. 16 반혁명사건으로 들어온 사람과 같은 특수한 신분이 아니면 어려운 곳이었다.

나는 교무과장이 가끔 불러서 교화의 말을 하기 이전에 그에 대한 감사의 마음과 절대로 그분에게 실망을 주거나 누가 되는 행동은 해서는 안 되겠다는 굳은 결심을 했다. 한 인간의 관심과 신뢰가 이처럼 사람을 감동시킨다는 사실을 나는 말하고 싶다. 그러나 나에겐 새로운 갈등이 시자되었다. 반항과 절망의 세계에서 희망을 갖게 되어 출감 후의 생활을 걱정하지 않을 수 없게 되었다.

도서실에서 책은 마음껏 볼 수 있다 하더라도 출감 후 그것이 생계를 보장할 수 없다는 사실은 너무도 분명했다. 기술이 필요했다. 그래서 먼저 교무과장과 상의를 하고 보안과장 면담을 신청했다. 출역에 관한 한 절대적인 권한을 가지고 있었기 때문이었다.

 면담의 요지를 듣고 난 보안과장은 천정을 바라보며 어이가 없고 기가 막히다는 듯 헛웃음을 지었다. 내가 출역을 원하는 곳은 새벽에 나가서 밤늦게 들어오는 취사장이기 때문이다. 밤늦게 활동한다는 것은 탈옥의 위험이 컸다. 그래서 그곳엔 잔형이 얼마 남지 않은 사람들만 일할 수 있는 곳이었다. 그래서 나는 역설했다. 지금까지(13년) 복역한 것이 아까워서 절대로 탈옥은 하지 않을 것이며, 잔형도 7년이라고 하지만 가석방 3년 정도를 빼고 나면 결국 나도 5년 미만인 단기수라고. 그리고 무엇보다도 부모도 형제도 없는 나는 출감 후 나 스스로가 살아가지 않으면 안 된다고.

 내가 굳이 취사장을 원한 것은 그곳에 보일러실이 있기 때문인데 언젠가 기술교육 강사가 앞으로의 유망 직종은 보일러 기술이라고 했기 때문이다. 나의 진심과 역설은 통했다.

 출역이 된 나는 보일러에 관한 서적을 열심히 보는 한편 기술자들에게 묻고 또 물었다. 그 결과 2개월도 채 되지 않아서 이론도 실기도 혼자 보일러를 운전할 수준이 되었다.

 나는 별 하나를 달았다. 그것은 기술도 인정하는

것이지만 무엇보다도 노력과 성격 변화를 인정하는 것이었다.

얼마 후 별 하나를 더 달았다. 분대장에서 소대장이 된 것이다.(군대식 자치제) 그런데 얼마 안가서 나도 놀라고 동료들도 놀라고 일선 교도관들도 놀랄 사건이 벌어졌다. 별 한 개를 더 달면서 경비중대장 자리로 옮긴 것이다. 군대로 말하자면 헌병과 같은 것인데 비록 재소자의 신분이긴 하지만 체계상 주어진 권한은 대단했다. 이것은 ― 경비중대장이 된 것 ― 사건 중의 사건이었다.

지금까지의 예로 보아 군 출신 장교들이 아니면, 그리고 인사 관리 능력이 있는 공무원 출신이 아니면 아무나 갔던 자리가 아니다.

한 예로 이승만 자유당 시대였는지, 장면 민주당 시절이었는지 모르시만 치안국장을 지낸 서정학이란 사람도 거쳐 간 자리였다.

그런데 학력으로 보나 경력으로 보나, 그리고 재소 생활로 보나 도저히 불가능한 자리인데 내가 갔다는 사실은 사건이 아닐 수 없었다. 헌데 나는 정말 사건을 내고야 말았다.

역대 경비대장이 하지 못한 경비실 자체는 물론 경비와 관련된 부정들을 청산했으며, 교도소 역사,

즉 행형사에 없던 재소자 사회 견학을 시켰던 것이다. 당시로서는 상상도 할 수 없는 일이었다.

삼성전자, 제일모직, 그리고 민속촌이었다. 기왕에 망상 같은 이야기가 나왔으니 한 가지만 더 짚고 넘어갈까 한다. 그것은 우리나라 최초의 옥중결혼 사건인데 이것 역시 나의 망상 같은 생각의 결과였다.

후에 '이 세상 끝까지'란 제목으로 KBS 라디오에 연속극이 되기도 했지만 무기수를 사랑한 한 여인의 애절한 이야기다. 무기수 남자 주인공은 지금도 나와 자주 만나는 사이지만 당시에는 인쇄기계 기술자로서 나의 책임자였다. 그러다 보니 그의 과거와 현재의 사정을 누구보다도 잘 알게 되었는데 소장 면회를 해서 옥중 결혼을 시켜 달라고 청원을 해 보라는 쪽지(비밀편지)를 날려 보라고 했던 것이다. 그 결과 일주일간 귀휴까지 보내서 결혼식을 올리게 됐던 것이다.

그건 그렇고 이제 경비원들의 사회 견학이 있기까지의 설명이 있어야 할 것 같다. 그래야만 듣는 사람으로 하여금 이해가 가겠기 때문이다.

2016년 11월, 요즘 권력으로 인해서 일어난 비리들 때문에 세상이 발칵 뒤집혀 있는데 어느 시대,

어느 사회에서든 권력이 있는 곳에 비리가 있게 마련인데 교도소 안에서 경비대라 하면 일반 사회에서의 경찰이나 검찰 그 이상이다. 그렇다 보니 비리란 관행이 되었고, 그 누구도 그 관행을 깰 엄두도 내지 못했다. 게다가 내부에서는 자신들이 하고 있는 행동이 당연한 걸로 알고 있었다.

일반 재소자들의 원성 또한 높았다. 더 큰 문제는 관에서 조차 이 같은 사실을 모르고 있다는 사실이다. 대개 인사를 할 때 그 부서의 문제점을 지적하고 그 문제를 해결하라는 주문을 하는 게 상식인데 나에겐 그런 것조차 없었다.

아무튼 나는 나를 위시해서 모든 경비원들은 식당에서 식사를 하는 것을 원칙으로 하는 방침을 세웠다. 규칙상 원칙은 그런데 지금까지는 취사장에서 쌀과 부식을 가져다가 해 먹었다. 오랜 전통을 하루 아침에 깨자니 부작용이 없을 수 없었다.

나는 반발하고 나서는 두 소대장을 설득으로는 불가능하다는 사실을 알았다. 할 수 없었다. 중대장이란 직위와 자랑할 건 못되지만 누구에게도 질 수 없는 성격을 나타낼 수밖에 없었다. 나를 따를 것이냐 나와 결별할 것이냐, 양자택일을 단호하게 제시했다. 그들은 따라 올 수밖에 없었다. 그래도 다른 부서 보다는 편한 곳이기 때문이다.

두 번째의 결단은 매일 중대장에게 올라오는 수발 물품을 끊었다. 그것은 대원들에게 가장 큰 부담인 동시에 중간 간부들과의 유착 자금인데 그것 때문에 범칙 행위를 적발해서 보고 할 임무를 수행하지 못하고 반대로 자신들이 범칙 행위를 할 수밖에 없는 것이었다.

교도소에서 가장 골치 아픈 일이 담배 반입과 흡연 문제로서 상납 자금 마련을 위해서 출소하는 동료들과 약속을 하고 새벽을 이용해서 담배를 담 너머로 던지는 것이었다.

그래서 나는 수발을 끊었던 것이며, 대신 담배 보고 건수에 따라 가석방을 우선 상신하겠노라고 약속을 했다. 그리고 밤늦게까지 초소를 돌며 경비대원들을 위로했다. 그 결과 기적이 일어났다.

담 넘어 온 담배를 보루채 보고 하고 경비실 출역을 기피하던 재소자들이 지원하는 사태가 일어났다. 그러는 한편 나에게는 중간 간부들의 압력이 들어왔다. 일요일이면 부장 이상 간수장들이 소내 운동장에서 테니스를 치는데 왜 운동장이 이렇게 썰렁하느냐고 했다. 그것은 간식을 가져 오라는 이야기인데 전에는 음료수와 빵, 그리고 맥주까지 상자로

갖다 놓았다. 그래서 나는 이때마다 정중히 모자를 벗어 놓으며 옷을 벗겠노라고 했다.

시간이 가면서 이런 문제는 해결되었고, 매주 소장을 비롯한 간부회의에서 경비원들의 노고를 격려해 달라고 했던 것이다. 그것이 결국 사회 견학의 결실이 되었고, 매월 한두 명 밖에 안 되는 일반 가석방이 십여 명으로늘어났고, 십여 명 밖에 안 되던 특별 가석방이 1976년 석가모니 탄생 기념일에는 나를 위시해서 34명이란 전에 없던 가석방이 되었던 것이다.

4년 5개월 20일

간혹 정치범(유지광)들에게는 있었지만 10년 이상 장기수들에게는 행형사에 없었던 사건에 해당하는 일이었다.

특사 전날 보안과장은 특별히 나를 불러 다음을 위해서 가석방을 올려 보았을 뿐이니 기대하지는 말라고 까지 말했던 것이다. 나도 역시 담담했다.

청와대에 누가 있고, 법무부 교정국에 누가 있고, 국회의원 아무개와는 친척 관계고, 그런 사람들도 2년 이상 가석방을 받은 예가 흔치 않았기 때문이다. 헌데 그런 배경은 물론 일개 간수와도 인간적인 유대가 없는 내가 무슨 기대를 가져 보겠는가.

 그런 나에게 결재가 떨어졌다. 출감하던 날 아침, 보안과장은 자기도 놀랐다고 했지만 나는 정문을 나서기 전까지 마음이 조모조마했다. 서류가 잘못 됐다고 정정 지시가 내려 올 것만 같았기 때문이다. 그래서 나는 정문을 나서기가 바쁘게 인파 속에 숨어버렸다.

 특별사면 때마다 있는 일이지만 행여나 하고 몰려 든 사람들이 교도소 정문 앞에서 저 멀리 큰 도로까지 밀려 있었다. 교도소를 저 멀리 벗어난 나는 그때서야 나 홀로라는 사실을 알고 울컥 서러움이 북받쳤다. 가족을 만난 사람들과 그렇지 못한 나의 눈물은 같았지만 내용은 달랐다.

 이 좋은 날 어머님께 기쁨을 알려 드리지 못한 아쉬움도 있지만 이런 때마저도 나 홀로인가 하는 외로움 때문이었다. 그러나 언제까지나 이런 감상에 젖어 있을 수만은 없었다. 무엇보다도 어머니를 만나는 일이 우선이었다. 그래서 최근에 온 어머니 편지를 들고 그 주소로 찾아 갔다. 어미니는 오래 전에 그 집을 떠나셨다. 다른 주소를 찾아가 보았다. 역시 어머님은 계시지 않았다. 그러기를 수십 군데, 불안하기 시작했다. 어머니가 어디 가서 아무도 모르게 돌아가신 거는 아닌지 하는 생각까지 들었다.

 16년 복역동안 한 번도 건강한 몸으로 찾아오신 일도 없었지만 1962년 5.16 1주년 기념 때 내가 20년 형으로 감형이 되었는데 그때 면회를 오신 어머니에게 입회 간수가 어머니를 위로해 드린다고 무기징역에서 20년 형으로 감행이 됐다고 하며 기뻐하시라고 했던 것이다. 그런데 어머니는 그 말을 듣고 그 자리에 쓰러지시고 나는 간수에게 끌려 면회실을 나왔다.

 대법원에서 15년으로 확정되었다고 나는 어머니를 속여 왔던 것이다. 그 사건 이후 1년 동안 면회를 고사하고 편지마저 없었다. 결국 나중에 안 사실이지만 그날 정신없이 길을 건느시다가 교통사고를 당하셨고 병원으로 간다던 운전자는 시흥 어느 논에다 어머니를 버리고 뺑소니를 쳤던 것이다. 그리고 어머니는 어느 시민을 만나서 그 집으로 안내가 되었던 것이다. 나는 그 생각으로 또 다시 어디 가서 잘못되신 거는 아닌지 하는 생각으로 가슴이 조여 왔다.

 그러던 어느 날이었다. 나는 그날도 어머니가 자주 들리셨던 정릉 골짜기 맨 끝집을 찾아가고 있었다. 밤이었는데 저 앞에 웬 노인이 작은 보따리를

94

들고 힘겹게 올라가고 있었다. 나는 노인을 도와 드린다는 생각으로 보따리를 잡았다.

"누기시오?"

"어머니 꺼예요."

확인이 필요 없었다. 목소리만으로도 충분했다.

"네가? 네가!"

어머니는 털썩 주저 앉으셨다.

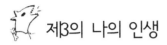# 제3의 나의 인생

이른 일곱, 이 나이에 내 인생 뒤를 돌아보니 나의 인생은 3기로 나뉘어져 있다.

제1기는 스물 한 살까지 고아시절에서 광부시절, 제2기는 서른 여섯 살까지 옥중시절, 그리고 제3기는 출감 후 그토록 바라고 기다렸던 자유의 세계에서의 인생인데 어느 것 한기 인생도 순탄한 적은 없었다. 아무리 생각해도 나의 운명을 결정하는 상대가 있다면 멱살이라도 잡고 싶은 심정이다.

16년 동안 어머니를 그리며 흘린 눈물보다 그토록 간절히 그리던 자유의 세계에서 흘린 눈물이 많다면 누가 믿어 주겠는가. 허나 나는 정말로 외로웠다.

자유란 무엇인가? 단순히 법에 의한 정신적, 육체적 속박에서 벗어나는 것만을 의미하는 것은 아니다. 자유 속에는 모든 인간이 자기가 가고 싶은 길이 있다. 그 길에는 어떤 목표가 있다. 허나 그토록 그리던 나의 자유 속에는 외로움이 있고 슬픔이 있었다. 생존의 절박한 현실이 있었다.

출감한 지 몇 달 또는 며칠이 안 되어 다시 들어오는 재범자들을 만날 때마다 어떻게 하면 못살겠느냐고 비웃기도 했었다. 그러나 종일토록 직장을 찾아 헤매다 허탕치고 돌아올 때면 차라리 교도소가 그리웠다. 교도소에서는 먹고 자고 입는 것은 걱정까지 않아도 되었다. 그리고 그 때는 언젠가 자유의 몸이 된다면 무슨 일이든 할 수 있다는 희망이 있었다.

간혹 사람을 구하는 곳을 만나고 보면 어김없이 신원증명이 있어야 했다. 신원증명을 떼고 보면 과거의 범죄 사실이 기록되어 있는데 누가 나 같은 살인범 전과자를 채용하겠는가?

그때마다 국가가 원망스러웠다. 재범을 방지하고 사회에 적응하도록 기술 교육까지 시킨다면서 왜 취업에 절대적인 영향을 미치는 신원증명 제도는 없애주지 않는가 말이다. 모순이 아닐 수 없었다. 그런데 또 하나의 모순이 있다. 그것은 소위 말하는 전과 말소법이라는 것인데 10년 미만 형을 받은 사람은 출감 후 10년 동안 재범을 하지 않으면 자동적으로 전과가 말소되지만 그 이상의 형을 받았거나 복역한 사람은 제외시킨다는 것이었다.

나는 이 법이 논의될 당시 김대중 총재와 김종필 총재 앞으로 그 모순성을 지적하는 편지를 보냈다.

국 가 보 위 비 상 대 책 상 임 위 원 회

번 사 125-7451   1980. 8. 12.

수 신: 조 순 성

제 목: 협조에 대한 감사의 표시

　　　　국가기강의 확립과 사회정화를 위한 국보위 비상대책 상
임위원회의 업무에 대하여 깊은 이해로 협조를 아끼지 아니하신데
대하여 충심으로 감사를 드립니다.

　　　　귀하가 당 위원회 민원실을 통하여 제출하여 주신 고견은
충분히 검토하여 정책수립을 위한 귀중한 참고자료로 활용하겠아오
며 앞으로 나라를 위하여 다함께 노력하여 주시기 바랍니다.　끝.

국 가 보 위 비 상 대 책 상 임 위 원 회 위 원 장

10년 이상 복역한 사람은 죄질만큼 형벌을 받았고, 재범율을 볼 때도 장기 복역자가 훨씬 낮다고. 그러나 전과 말소법은 신문에 보도된 대로 통과되었고, 두 총재에게서는 아무런 대답이 없었다. 그래서 나는 당시 '국가보위비상대책위원장'인 전두환 위원장에게 같은 요지의 서신을 보냈는데 얼마 후 별지와 같은 회답은 왔으나 끝내 그 법은 수정되지 않았다.

국가 정책이 모든 사람에게 다 만족을 줄 수는 없지만 형벌 위주의 정책에서 교정, 교화 정책으로 바꿨다면 사회에 적응할 수 있는 제도는 물론 작업 상여금 제도도 바꿔야 한다고 본다.

지금은 모르지만 1960년대 봉합엽서 한 장에 7원 할 때 죄수들의 한 달 상여금이 4원이었다. 물론 복역과 행형 성적에 따라 차이는 있었지만, 16년 복역한 나는 1976년 출감 때 가지고 나온 돈이 4만 3천원이었다. 그것도 경비중대장이란(2개월 동안) 직책을 맡고 있을 때 2만원이 발생한 덕이었다.

아무튼 나는 이런 상황에서 내 인생을 개척해 나가야만 했다. 어디서부터 시작해야 할런지 정말로 암담한 현실이었다. 솔직히 범죄도 거기에 대한 지식과 경험과 용기가 있어야 한다는 사실도 깨달았다.

재범의 비난과 수모는 아무것도 아니었다. 그만큼

생존은 절박했다. 그러나 재범은 솔직히 길을 몰라서 못했고 혹시나 하는 마음에서 나는 성경 책 여백에다 영감만 적어 두었던 원고들을 정리했다. 추수가 끝난 콩밭에다 콩짚으로 둘러막은 움막 아닌 움막에서였다.

그런 상황에서 글이 써 지느냐고 의문을 가질 사람도 있겠지만 그런 상황이기 때문에 글이 필요했다. 절망에서 잠시라도 벗어날 수 있는 길은 무엇인가 하지 않으면 안 되지 않는가. 그리고 나는 원고에다 희망을 걸었다. 나중에는 휴지 조각으로 폐기될지 몰라도 당장은 돈을 염두에 두지 않을 수 없었다.

희망은 이루어졌다. 정리된 원고를 들고 '서음출판사'란 곳을 찾아 갔다. 그곳은 나와 임옥인 선생님 사이에 오고 간 편지를 「빛은 창살에도」란 제목으로 책을 펴낸 곳인데 원고를 살펴 본 사장님은 즉석에서 출판할 것을 쾌히 약속하는 한편 원고료로 10만 원까지 주셨다.

나에겐 엄청난 돈이었다. 정릉 골짜기에 5만 원 짜리 전세를 얻고도 5만 원이 남았다. 언제까지 직장을 구하지 못한다면 그것도 피가 마르게 줄어들겠지만 우선은 직장을 찾아 헤맬 수 있는 교통비는 넉넉했다.

"아저씨 얼마나 계시다가 가실 거예요."

"언제 문을 닫을지 조모조마합니다."

어렵게 얻은 직장에 출근해 보면 식당 아주머니들이나 공장 고참들이 하는 말이었다.

지금은 노조 문제로 오히려 기업들이 어려움을 겪고 있지만 70년대는 현대판 노예 실상이 보편화 되어 있었다. 몇 달씩 밀린 임금을 아예 포기하게 하거나 부당한 해고에 대해서 항의하는 것은 세상을 모르는 순진한 사람들의 목소리였다. 그러나 나에겐 이런 곳 마저도 감사했다. 일을 할 수 있다는 자체가 그랬다. 열심히 일했다. 남들이 기피하는 연장 근무, 휴일 작업도 자원해서 했다.

잃어버린 16년의 세월을 찾는 길은 그 길 밖에 없다고 생각했기 때문이다. 나는 지금도 돈을 따지지 않고 일을 주면 감사한 마음으로 받아들인다. 항상 눈높이를 내리면 일이 보인다. 조금씩 인정받기 시작했다. 휴일날 공장에 일이 없을 때는 용역 사무실을 찾아다녔다. 그리고 버스비 35원을 아끼기 위해서 정릉 맨 꼭대기에시 종임동 고내 앞까시 설어 다녔다. 조금씩 마음에 여유도 생겼다. 무모하지만 결혼도 했다.

어머님의 간절한 바램이기도 했지만 주위에서 그

냥 놔두지를 않았다. 무엇을 보고 그런 말을 할 수 있었는지 총각이라면 충분히 가정을 꾸려 나간다고 했다. 가진 것도 배운 것도 없다는 사실을 다들 알고 있었는 데도 말이다. 나의 아내가 된 서른 살 노처녀는 자기 나이 만큼이나 선을 보았지만 하나도 마음에 들지 않았다고 했다. 나보다 모두가 조건도 좋았다고 했다. 그런데 그들 모두가 호강만 시켜 준다고 했는데 웬지 그것이 싫었다고 했다. 그러나 나는 너무도 솔직한 게 마음에 들었다고 했다.

 상처뿐인 나의 과거는 물론 현재 아무 것도 가진 것은 없으나 열심히 노력해서 부자는 되지 못할지 언정 죽을 때 병원에서 죽을 수 있도록 하겠다는 약속이 너무도 현실적이었다고 했다.

 나는 아내가 바라는 만큼 다 이루어 주었는지 모르지만 전두환 대통령 시절 아내는 이순자 여사가 부럽지 않다고 까지 했다. 사실 내 노력으로 아내가 원하는 것들은 거의 다 안 되는 것이 없었다.

 지금은 화재로 사라져 버렸지만 1995년 어느 대학교 미술교수라는 사람이 우리 집을 두고 30년 후에나 있을 주거 공간이라고 까지 했다. 순전히 내 손으로 지은 통나무집이었다. 그러나 인간에게 행복이란 오래 머물러 주는 것이 아니었다.

미리 쓴 이별의 노래

오지 않은 이별을 두고
미리 슬퍼하지 말자고 했는데
이제 그 이별이 왔다면
슬퍼해도 되는가!
울어도 되는가!

어느 때인가는 인간으로 태어나서
좋은 것 만지지도 느끼지도 못하고 살 바에는
차라리 죽는 게 낫다고 생각했는데
그 나무토막이 갔는데
나는 왜 슬퍼해야 하는가!
잠시도 마음을 놓을 수 없는
시선도 뗄 수 없는
그 속박의 철사줄이 끊어졌는데
숨을 몰아 쉴 때마다 가슴을 짓누르던
그 바위 덩어리가 굴러 갔는데
춤을 출 일이지 울기는 왜 우는가?
바라보는 것만으로

생존의 의미를 부여하고
물처럼 바람처럼
내 가정을 둘러쌓던 울타리가 무너진 때문인가!
이 모양 저 모양 보지 않으려는
결심은 없었는가!
그러나 그것은 그 어떤 가혹행위보다
잔인한 폭력 행위임을
죽어서도 용서받을 수 없는 죄악임을
가슴으로 반성하고 후회하지 않는가.

나에겐 이제 하나님이 없다
한 번만 살려 달라고
천국도 지옥도 허기가 지지 않아야
다리를 써야 갈 게 아니냐고
단 하루를 살아도
건강하게 살다가 가게 해 달라고
얼마나 이마를 짓찧었던가.

십자가를 바라보며 눈물짓는 여인
교회 뜨락만이라도 밟아 보기를 원하는 그녀를
외면하는 신이 과연
하나님일 수 있는가.

의사도 없다
유언 한마디 남기게 해 달라고
가랑이가 찢어지도록 매달리지 않았던가.
〈중략〉
더 살기를 바라는 게 애정이 아니라
고통없이 죽기를 바라는 게 애정이라면
위선이라 하겠지만
잠시도 멈추지 못하는 신음은
살점을 뜯어내는 고통이었다.

팔자 좋아서
잠들었다 깨어나지 않는 것 말고
이별 앞에서 누구나 다 겪는 고통이지만
칼 자리만 열 군데
30년 병상생활
이건 정말 너무 가혹한 형벌이다.
오죽 했으면 아내가
자기 죽거든 병들어 고생하지 말고
'자살하라!'고 했겠는가.

아~
인생은 어차피 홀로라지만
그리움은 왜 두고 가는가!

외로움은 왜 놓고 가는가!

횡설수설

앞의 글에서 보다시피 아내는 시술 또는 수술이란 이름으로 몸에 칼을 댄 것이 열 번도 넘는다. 그런데 이 모든 것들이 어쩔 수 없는 질병, 또는 불가항력적인 사고에 의한 것이 아니라 미리 위험을 알고 하지마라, 하지마라, 그곳에 가지마라, 가지마라 하고 당부 또 당부를 했는데도 기어이 사고를 낸 데 문제가 있는 것이었다. 아픈 사람의 정신적, 육체적 고통에야 비할까마는 나는 이럴 때마다 내 인생 어디 갔느냐고 방황하며 갈등했다.

솔직히 없는 처지에 병원에 한 번 갔다 하면 몇 백만 원씩 까먹는 건 둘째로 치고, 힘들게 구한 직장을 포기해야 할 때는 성발로 왜 내 인생을 이렇게 곡곡 믹어버리는가 하는 암담한 심정을 어찌 할 수가 없었다.

결국 나는 심한 우울증에 걸렸고, 덜커덕 일을 저지르고야 말았다. 3일 만에 의식이 돌아왔다고 하는데 내 침대 옆에는 휠체어를 탄 아내가 내가 눈을 뜨자 어서 집에 가서 미나리 김치를 해달라고 했다. 사고 전날 미나리 김치가 먹고 싶다고 해서 미나리를 사다 놓았던 것이다.

순간 나는 아내가 한없이 가엾다는 생각이 들었다.

당연히 왜 죽지 않았느냐고 신경질을 부려야 했는데 원망 한 마디 없이 내가 있어야 한다는 사실을 간접적으로 말하고 있지 않은가.

나는 이때 두 가지를 깊이 반성하고 느낀 것이 있다. 하나는 '그래 내 인생이 따로 있을 수 없지. 이 여인 곁에 죽는 날까지 함께 있어 주는 것이지' 하는 것과 두번째로는 자살이란 가족들에게 그 어떤 가혹 행위보다도 가혹한 폭력 행위라는 사실이었다.

세상은 식물인간이라 하면 의식이 없고 감각이 없는 상태를 말하지만 나는 아니다. 자신의 생각대로 움직이지 못하면 이도 역시 식물인간이다.

아내는 지금 3년 동안 자신의 마음대로 움직일 수 있는 상태가 아니다. 식물인간이다. 7년째 투석까지 받고 있다. 그래도 그는 죽어서는 안 된다. 가난한 신혼시절 쓰레기통에서 주어다 준 치마를 25년 동안 입은 여자다. 내 가정을 위해서 그토록 애쓴 아내가 허무하게 죽어서는 안 된다. 그리고 아내가 살아 있어야 하는 이유는 내가 죽어서는 안 되는 이유이기도 하다.

아내는 나의 기둥이요, 나는 아내의 기둥이다. 지금 내 상황에서 산다는 건 고통이다. 뇌경색으로 나도 남의 도움이 필요하나. 그래도 살아 있어야 하는 것은 그 누구도 아내에게 나를 대신할 수 없기 때문이다.

제3부

생의 뒤안길에서

강원도 영월 강가에서 아내와 함께

부부 고목

몇백년은 묵은 듯한
아름드리 고목이
언제 쓰러졌는지
파랗게 이끼까지 끼었는데
그 옆에 그만한 나무가 선채로
하얗게 죽어 있다.

아마도 외로움을 못견딘
부부 나무였나 보다.

산

산은 오만을 허락하지 않는다
높은 산일수록 더욱 그렇다
무릎을 꿇고 배를 깔아야만 받아준다.

인류 역사에 오르기 힘든
경이롭고 신비스러운 산은 많은데
우리네 산들은
무릎을 꿇을 산이 없다
바라 볼 산조차 없다.

오발탄

"**법**은 허수아비 같고
도덕은 어린아이 머리 위에
리본과도 같다.."
이건 내 말이 아니라
이범선이란 작가가
'오발탄'이란 작품을 통해서
토해 낸 구역질이다.
하면 님께서 오늘날
'오발탄'을 다시 쓰신다면
세상은 온통 색맹에 걸리어
색깔을 구별하지 못하는 개판인데
국회의원 가족수당 법과
그들의 자존심 상해법이
만장일치로 통과될까
염려된다 하시겠지
자기들을 위한 법은
엿장수 가위질과 같은 것이니까.

 내가 살아있어야 할 이유

아들의 지게에 업히어
생매장 당하러 가는 어머니가
솔잎을 따서 뿌리듯
다시 돌아간다는 희망이 아니라
마지막이란 체념으로
요양병원에 입원시킨 아내가
'나도 갈 거야.'
'집에 가서 살 거야' 하고
손 놓고 돌아서는 나의 등에 칼을 꽂는다.
왜? 하필이면 이 순간이냐
잃었던 의식이 돌아온 것이
그래 그건 아니지
한 번 더 기적을 기다려 보는 거야
생살을 뜯어내는 고통으로 사느니
차라리 죽기를 바라기도 했었지만
내가 살아야 하는 이유가 바로
당신이 살아 있어야 하는 이유다.

그리움 때문이었소

그래 가거라! 어서 가거라!
그토록 내가 밉거든 돌아보지 말고.

평생 십자가를 바라보며 살아온 당신이기에
당신은 갈 곳이 있지만
나는 갈 곳이 없구려.

집으로 가라고?
집은 싫소
당신이 없는 집은
방마다 외로움만 가득한
적막한 동굴일 뿐이요

젊은날엔 내 인생 어디 갔느냐고
소리치고 방황도 했지만
지금은 아니요.

당신의 고통을 함께 짊어지고
마지막 문간까지 함께 가는 것이
내 인생이라 믿소.

당신을 이처럼 애처롭게 잡고 있는 것은
나의 외로움 때문이요
그리움 때문이요.

미울 수 없는 사랑

세월이 흐를수록
어머님에 대한 뼈저린 회한과
차라리 죽기를 바랬던
아내의 고통 때문에
가슴 할퀴며 살아온 한평생
뼈마디가 삭정이 될 만큼
눈물을 쥐어짰다고 생각했는데
뜨락에 목련 잎이 쌓이는 이 계절
낙엽을 한 웅큼 쥐고
휠체어에 앉은 아내를 바라보며
나는 또 눈물을 참는다.
과연 저 여인이
일어서는 그날이 올 수 있을까!

가엾다는 말 말고
절망이란 말 말고
체념이란 말 말고

슬픔이란 또 다른 말이 있는지 모르지만
이별 후가 두려워서
미웠던 일만 생각하지만
그것도 역시 미울 수 없는
사랑이었다.

그래서 나는 못 죽는다

내가 죽어 다시 태어난다면
어려서 마음껏 울고
늙어서 울지 않는 팔자로
태어나고 싶다.

굶겨도 배고프다
맞아도 아프다 할 수 없었던
일곱 살의 고아원 시절
꼴 베고 나무하던
열 세살의 머슴시절
속 쓰린 달밤에
안주 없는 소주를 마시며
진달래가 피어도
어릴 적 흘리지 못한 눈물을
소리 없이 흘린다.

아~내가 죽어 다시 태어난다면

엄마 품에서 마음껏 울 수 있는
그런 세상에 태어나고 싶다.

어릴 적 흘리지 못한 눈물이 억울해서
나는 못 죽는다.

횡설수설
'못 죽겠다'가 아니라 '죽어지지 않는다'란 표현이 좀 더 진실에 가깝지 않을까 생각된다. 인간은 누구나 마음대로 죽을 수 없다는 사실은 다 아는 바지만 사실 자살도 죽음에 대한 결단과 지식이 있어야 가능하다고 본다.

한 번의 실패는 앞에서 이야기한 그대로이고 그보다 먼저 가엾은 인생은 아홉 번의 수술에서 단 한 번도 보호자가 있어 본 일이 없다는 사실이다.

나중에 뇌경색이란 게 왔을 때 밝혀진 사실이지만 뇌경색의 원인이 마취 개스가 머리에 차 있었기 때문이라고 했다. 원래 마취 수술을 하고 나면 다섯 시간에서 여덟 시간 동안 심호흡을 해서 마취 개스를 배출시켜야 하는 건데 나는 그걸 해줄 보호자가 없어서 수술 후 곧바로 잠이 들고 말았던 것이다.

일반적으로 뇌경색이라고 하면 큰 혈관이 막힌 상태

를 말하는데 나의 경우는 뇌의 외벽을 싸고 있는 실핏줄이 막혔기 때문에 치료 방법도 없다고 했다. 깨어난 것도 기적인데 편마비가 경증이란 사실은 더욱 풀리지 않는 결과라고 했다.

 아무튼 나는 마비가 온 쪽 손으로 이 글을 쓰고 있는 것이다. 언제 어떤 결과가 올런지 불안하고 바쁜 마음뿐이다.

거꾸로 흐르는 눈물

무엇을 잡으려고
허공을 향해 허우적거리는 저 손을
언제 잡고 함께 걸을 수 있을까?

누가 먼저 가든
꼭 한 번은 헤어져야 하는 부부의
운명 앞에서
내 눈물은 거꾸로 흐른다
하나님의 가슴을 향해서.

나체 조각

머리는 좌우로 관통하고
가슴에는 돈다발이 수북이 쌓여 있으며
음부와 둔부는 관능의 명화처럼 과장되고
두 다리는 서로 반대 방향을 하고
있었다.

횡설수설
 이 시는 오늘날의 사회 모습과 정치권의 현실을 그
려본 실제의 조각품이었는데 보는 사람들의 질문이
너무도 유치하고 쌍스러워 태워버리고 말았다.

은사시 나무

아 람드리 잣나무 군락 속에
언제 씨가 떨어졌는지
은사시 나무가
잣나무 키를 훌쩍 넘고 있었는데
천둥 번개가 지나간 밤에
은사시 나무는 중둥이 꺾이어 있었다.

사람들은 뿌리 번식이 아니라
바람 타고 날라 온 씨 번식인 데다
잣나무 보다 너무 쉽게 키서
번개를 맞았다고 했다.

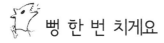 **뻥 한 번 치게요**

상처 받지 말아요
꿈속에서 당신과 내가
연인이었다는 사실에

고백하지 못했던 짝사랑의 소년 시절을
평생 후회하듯
남은 생애에 그런 날이 올까봐
멀리서 그리며 설레였던 사실을 고백합니다.

육체는 물론 마음까지 달라는 게 아닙니다
비 오는 날 우산을 받혀주듯
어느 등산길 찻집에서
아니면 바닷가 카페에서
차 한잔 나누면 됩니다.
그러면 연애 한 번 못해 본 녀석이라고 놀려대던
먼저 간 친구들을 만나서
나도 연애 한 번 했다고 뻥 한 번 치게요.

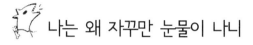 ## 나는 왜 자꾸만 눈물이 나니

고맙다!
장하다!
애썼다!
이 나라 그 어떤 감동적인 사건보다
우리 가슴을 설레이게 한
'나로호야!'

너는 보았지 그 높은 창공에서
태극기의 물결을

나라는 권력이
사회는 도덕이
개인은 양심이
모두가 병이 들어서
차라리
아프리카 어느 부족보다 더 미개해야 한다는
이 땅의 백성들이

분노를 넘은 절망을.

2013년 1월 13일
창공을 향해 내뿜는 너의 기상으로 하여
이 나라는 아무리
권력과 정치가 썩어도
무너지지 않는다고
온 국민의 가슴이
희망으로 터지려 하는구나.

이 땅의 자존심 그리고 희망인 나로호야!
이렇게 좋은 날
나는 왜 자꾸만 눈물이 나니.

여자는 여자로구나

칠십이 넘은 노인들만 일하는
유물 발굴 현장에
노인들은 아예 남자로 보이지 않는다는 건지
화장도 안한 남자 복장의 여선생이
어느 날 여자 복장으로 나타났다.
놀랄 것도 이상할 것도 없는데
아하! 영락없는 여자로구나 하는
생각이 들었다.
가슴과 엉덩이에서
나는 문득 열 일곱 살 적
앞산 골짜기에 미역을 감으로 갔다가
숨어서 보게 된
앞집 순이 누나의 그 모습이 떠올랐다.
그 후 나는 누나를
멀리서 보기만 해도 가슴이 뛰었지
야단이라도 맞을 것 같아서.

128

역으로 본 효자론

연봉 몇 억씩 받는 자식들이
논 밭 팔아 가르친 새끼들이
부모 노숙시키고 요양원 보낸다고
흥분하는 부모님들 있지만
부모 폭행하고 살해하는 자식들에 비하면
얼마나 효자들입니까?

출세해서 부모처럼 살지 말라고
얼마나 바라고 또 빌었습니까

그 자식이 출세하고 보니
얼마나 할 일이 많습니까
판사, 검사, 변호사, 의사, 재벌 회사 임원
밤새우는 날이 지는 날보다 많지 않습니까.
자기 본분 망각하는 공직자에
권력 남용 법 위에 있는 자들도
나이 오십이 되도록 시집, 장가 못하는

자식들에 비하면 얼마나 자랑스럽습니까
그들은 팔십 부모 등곬을 빼먹지 않습니까
하니
본분을 지키며 열심히 사는 자식들
자랑으로 여기십시오.

어 부

자연의 법칙 속에
먹이 사슬이 있듯이
인류 역사도 늘 그래왔지.

네가 가진 것 때문에
내가 피해를 본다면
나도 가지면 되는 거고
구약에서 신약으로 변한 진리가
다시 구약의 시대로 갈 수도 있지.

오징어 낚시 바늘에 고래가 걸렸다고
흥분할 게 아니라
낚시대를 버려라
아니면 난파될 수 있으니까.

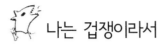 나는 겁쟁이라서

북한의 핵폭탄 보다 몇 천배나 더한
울릉도와 독도가 하나 되는 화산이 폭발하여
일본에선 또 하나의
자기네 땅이 생겼다고 아우성인데
우리는 그 천둥소리는 물론
하늘과 땅, 그리고 바다에서
고철 때문에 죽어가는
원성들을 듣지 못하네

헌데 어찌
시위 현장에서 죽은 자들의 울음소리는 들린다는
건가
묵념 어쩌구 하는 걸 보면
아마 지사 열사라도 되나보지
나는 겁쟁이라서
신문에 난 이야기만 할 뿐인데
식물 또는 독재

어느 노조만도 못한 집단인 데다
서울 한복판에 원자탄이 떨어져도
갈등은 여전할 거라네.

정치의 속성은 거짓말 잘 하고
물, 불 가리지 않고 반대만 굳세게 해도
영웅이 된다고 했지.

그리고 이건 무료급식소에서 들은 말인데
누구네 집 강아지가 죽으면 화환을 보내자 하고
머리에 띠만 두르면 안 되는 게 없는
이 땅의 풍토가
시중에 붉은 천 때문이라고 할 거라 하더군.

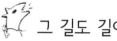 그 길도 길이요, 이 길도 길이지

물고기는 물에서 살고
산 짐승은 산에서 살고

우주의 섭리
세상의 법칙

그 길도 길이요
이 길도 길이지

네 길
내 길
길은 달라도
종착역은 하나 아닌가.

강원도 예찬

첩첩이 접어놓은 강원도의 계곡들은
태고 적부터 준비한
인간의 마지막 낙원
좁은 땅 펴서 쓰라고
주름잡는 갈피마다
동강의 굽이 같은
구름 위의 낙엽 길은
신선만이 가는 길인가
안개 속에 감춰 놓았네.

어! 내 남편 여기 있네

수술실에서 나온 아내의 손을 잡으니
"누구냐?"고 묻는다.
남자 간호사라고 했더니
"우리 남편 어디 갔느냐?"고 한다.
아마도 도망 간 것 같다고 하니
"그게 아니라 나 때문에 죽었을 거"라고 한다.
"그러면 나쁜 사람이지
  두들겨 패면서도 곁에 있는 것이
남편이지" 했더니
"겉 남편은 그래도 속 남편은 아니"라고 한다.
그리고 눈을 다시 번쩍 뜨더니
"어! 내 남편 여기 있네" 하며
손을 뻗어 내 얼굴을 만지려 하나
팔이 힘없이 떨어진다.
덜컥 가슴이 내려앉는다.
아내의 손을 잡으니
왈칵 눈물이 난다.

양 같은 눈에 애원은 보이나
의지는 보이지 않는다.

한탄강

언제 부터인가
낚시 바늘에 걸려 나오는
기형 물고기를 보고
처음에는 등판에 태극 마크가 새겨진 자라를 보듯
신기해 했었다.

그러나 그것이 마구 버려진
폐수 때문이란 사실을 믿기 시작할 때는
가끔씩 물고기가 떼죽음을 하고
어린 아이들 마저도
수영을 하지 않을 때였다.

1993년 3월
그 먹물 같은 탁류에 가린
하늘이 조금씩 뚫리어
빗방울이 떨어지자
한 마리도 성한 놈 없이 모두가

기형이였음을 본다.
큰 놈일수록 더 썩은
염통을 본다.
우리는 그 속에서 살았다.
슬프게도 기형이 되지 못한 채
어느 날 함께 몰살할 수밖에 없는
기형 물고기의 배설물을 먹으며
서서히 죽어가고 있었다.

상도 내도 바다도 모두 썩어버린 이 땅
열 살짜리 어린 아이가
수십억의 재산을 가진
이 좋은 자본주의 사회에서
평생을 허덕여도 집 한 채 못 구하는
기형 물고기가 아닌 우리는
얼마나 불쌍한 백성인가.

더 맑은 물로 하여
기형 물고기가 살 수 없는
그날이 오기를
우리는 가엾게도 기다리지 못한다.

동두천

언론보다 먼저 소문에 의해서
윤금희 여인의 피살이 세상에 알려졌다.

여기는 대한민국 우리나라 땅이 아닌
미국의 어느 한 구석인가
미국의 도덕인듯
좆을 내놓고 서 있는 인디언의 석상이
오만하게 서 있는 동두천.

왜 우리는 여기에서
슬퍼할 수 없는가
분노할 수 없는가
더욱이 민족 감정을 표현할 수 없는가.

쥐불놀이를 하다가
볏짚 몇단을 태우듯
미군 부대가 있는 곳이면 어디서나

140

우리네 여인들의 사타구니에 자갈이 박히고
맥주병이 꽂힌 사건쯤
면역이 되어서인가.

스승의 얼굴에 계란을 던지는 용기와 양심으로
그들의 양심에 돌을 던질 수는 없는가
데모가 만능인 듯 툭하면
거리로 나오는 우리네 지성인들.

꿀꿀이 죽으로 살아남은 은혜인가
워싱턴 기침에 이 땅이 감기가 들고
미군 감축에 땅값 집값이 곤두박질을 하는 동두천.

눈이 시린 대낮에
숨이 넘어가게 예쁜 아가씨와 미군이
길바닥에서 수작을 부려도
하나도 이상하지 않고
스무 살도 안 된 계집애가 약방에서
콘돔을 한 움큼 들고 나와도
부끄럽지 않은 곳.

40년 전 6. 25 때의 양색시가

하나도 늙지 않고 젊어 있듯
아직도 꿀꿀이 죽에 매달려 사는
우리네 여인들의 한이 서린 동두천.

그들은 오늘도 홀로 사는데

차 라리 가난해서
마늘 접이나 훔치고
고추관이나 도둑질한
좀도둑만도 못한 정치가가 되면
한두 번 징역살이가 관록이 되고

범법으로 얻은 재물로
사회적인 인사가 되면
과거가 오히려 자랑이 되는 현실에서
양심이나 울분 같은 건
정신병자의 발작인가

정신대의 현실보다 더 참혹했던
이 땅의 산하 구석구석에서
갈기갈기 가슴이 찢긴 여인들

40년이 넘은 오늘 그들은

내 어머니와
내 고모와
내 이모였음을
내 처형과
내 처재와
내 누이들이였음을
아니 내 아내였음을
자식 없이 떠나가신 어느 노인의
유서에서 찾는다.

모포 위에 파편과 흙덩이가 쏟아지는
격전지 속에서
후방의 묘목 밭이나 보리밭 고랑은
부드러운 융단이였지
때로는 무릎이 묻히는 눈 덮인
골짜기에서도 그 짓을 했지
양담배 한 보루 모포 한 장
때로는 통조림 하나에
쵸코릿 하나에도....
돈이나 먹고 산다는 건 나중 일이고
처음에는 강간 아니면
이웃의 할머니들을 보호하기 위해서였지

여성의 기능을 외국 병사들에게
도살당한 여인들
더럽혀진 몸을 영원히 씻을 수가 없어서
돈보다 굳은 응어리를 안고
평생을 살아 온 여인들
그들에게 우리는 양갈보라 한다
과거가 있다고 말한다
그들은 그것 때문에 오늘도 홀로 살고 있는데.

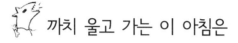 까치 울고 가는 이 아침은

오랜 그리움에서 돌아온
앵두꽃 피는 내 작은 뜨락처럼
까치 소리 창을 두들기는 아침

측백나무 가지마다
님 그린 선녀의 눈물이 밤새에 영글고
잠든 아기의 숨결 같은 바람은
바시시 봉우리를 깨우는데
은빛 같은 비둘기떼
언덕 위를 선회하고

안개 산허리에 걸린 마을은
어제 밤 꿈속의 고향 같은데
문득 들려오는 뻐꾹새 소리는
고향 샘터의 소식인가
지금도 기다리는 여인의 눈물인가

까치 울고 가는 이 아침은
가슴이 설레어 외롭지 않아라.

〔맺는 말〕 **군소리**

　이 글의 대부분은 명상에서 쓴 글이다. 그만큼 절박하고 절실했다. 내가 어떻게 될지 모르는 상황도 있었으나 거의가 아내의 예측이 어려운 상황때문이었다.

　옆 침대 환자 또는 보호자들이 무엇이 그리 궁금한지 무엇을 쓰느냐? 또는 그런 상황에서 무엇이 써 지느냐고 묻기도 했다. 이럴 때마다 나는 무언가 쓰지 않으면 견딜 수 없는 심정이라고 했다. 사실 나에게 있어서 글이란 절망에서 버틸 수 있는 유일한 힘이었다.

　병원비로 피가 마르는 형편에 욕심(출판)을 부린다는 것은 부질없는 짓이기도 하지만 내가 쓰러지는 것 보다는 살아서 아내 곁을 지키는 것이 그래도 나의 도리라고 믿는다. 그러나 한편으론 변명의 여지도 있다.

　출판계의 흐름으로 보아 본 서음미디어의 파격적인 결단과 국민건강보험공단의 본인 부담금 초과 환급금 홍보 협조에 대한 사례가 도움이 되어 주었다는 사실 말이다. 어쨌든 누군가 진심으로 공감해

준다면 아내에 대한 나의 애정이 위선이 아님을 나부터 믿는 바이다.

2016년 1월에

저자 약력

1940년 강원도 평강 출생
1957년 지촌초등학교 5학년 중퇴
1977년 시집「탄원」출간
1990년 수기「황선지대」출간
1992년 시집「인간이 그리워 내 노래는」출간
2006년「지구문학」으로 문단 등단
2006년 시집「눈물은 이별말고 또 무엇이겠는가」출간
2007년 시집「정으로 그리움으로」출간
2011년 시집「미리 쓴 이별의 노래」출간

발행 │ 2017년 1월 10일
발행처 │ 서음미디어
등 록 │ 제 7-0851호
주 소 │ 서울시 동대문구 난계로28길 69-4
Tel │ 02) 2253－5292
Fax │ 02) 2253－5295

저 자 │ 조춘성
발행인 │ 이관희
표지일러스트 │ 주야기획
편집 │ 은종기획
www.seoeumbook.com
ISBN 978-89-91896-32-1

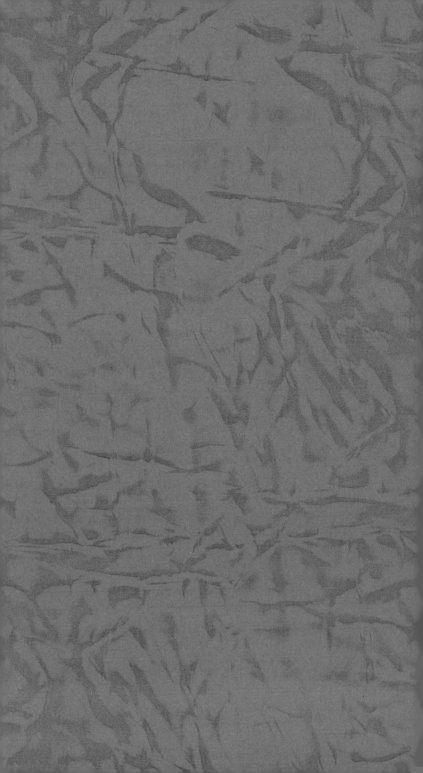